Mus

AF283182

CARLOS
RAFAEL
BURGUETE
PRIETO

c a

e x

m a

c h i

n a

Esta obra fue galardonada con el 1.er premio del III Premio de novela corta «Planetario de Madrid». Se presentó bajo el seudónimo *Kopernikus*.

Ayuntamiento de Madrid

Alcalde de Madrid

José Luis Martínez-Almeida Navasqüés

Delegada del Área de Gobierno de Cultura, Turismo y Deporte

Marta Rivera de la Cruz

Coordinadora General de Cultura

María José Barrero García

Director General de Bibliotecas, Archivos y Museos

Emilio del Río Sanz

Subdirector General de Museos y Exposiciones

José Bonifacio Bermejo Martín

Jefa del Servicio de Museos y Exposiciones

María Azcona Antón

EDICIÓN: Ayuntamiento de Madrid

COORDINACIÓN: Ana Fernández Félix,

Jefa de Departamento, Servicio de Museos y Exposiciones

DISEÑO GRÁFICO: Tres Tipos Gráficos

IMPRESIÓN Y ENCUADERNACIÓN: Grafo, S.A.

ISBN: 978-84-7812-855-6

Depósito legal: M-17412-2024

1

SIERRA DE MADRID, 2022

La bicicleta de montaña de Tristán Requejo descendía velozmente por la sinuosa pista forestal que comunica el puerto de Abantos con la villa madrileña de El Escorial. El sanitario sólo se ocupaba, de forma casi automática, de mantener el equilibrio, de aferrarse firmemente al manillar, de frenar de cuando en cuando, y de ladear ligeramente su cuerpo en el sentido de las curvas que le ofrecía el empinado trayecto. La gravedad se ocupaba de conferir una gran aceleración al velocípedo, mientras Tristán experimentaba el efecto placentero de las endorfinas que su cerebro, generoso, le regalaba. Por otro lado, la inevitable tensión y estado de alerta para evitar una caída mantenían altos sus niveles de adrenalina en sangre. Era poco más de las 14:45 de un martes de verano, día en que no habría de trabajar hasta bien entrada la tarde y que aprovechó para disfrutar de su actividad predilecta. A esa hora, la tortuosa vía estaba literalmente ausente de tráfico rodado, lo mismo que de otros ciclistas o caminantes. Su mente, plenamente concentrada en la evitación de un accidente, le permitía, no obstante, dedicar algo de atención a aquello que debía hacer esa misma tarde en cuanto llegase a Madrid. Cuando se adentraba en una larga recta, se permitía el lujo de retirar la vista del firme y dirigirla por un par de segundos al bello paisaje circundante. El olfato le donaba el glorioso aroma de la lavanda, en ocasiones amalgamada con el de la jara, mientras que el oído quedaba colmado por el silencio, sólo teñido por el sonido pétreo del roce de las ruedas con los incontables nódulos de cuarzo de la pista forestal y por el incesante frote de los élitros de las chicharras, invisibles, pero casi omnipresentes. Durante una de esas rectas, Tristán liberó una de sus manos del manillar para recolocarse levemente el casco, momento en que fue consciente de que no se había puesto las gafas protectoras desde la última ocasión en que paró para refrescarse. Dichas gafas paliarían el impacto en sus globos oculares de alguna china desprendida por la rueda delantera o aliviarían el molesto hostigamiento por parte de algún insecto volador que, ávido de las sustancias orgánicas de su sudor, revolotease de forma pertinaz frente a sus ojos. Pero no, Tristán Requejo no llevaba puestas sus gafas. Recordó habérselas quitado y guardado en el bolsillo trasero de su maillot verde. Volvió a asir con fuerza el manillar con su mano izquierda y frenó ligeramente ante una inminente curva.

Mientras, doscientos metros pendiente abajo, una mosca común (*Musca domestica*) terminó cansándose de revolotear en torno a un trozo de pan reseco que algún caminante tiraría, saciado, tras comer un bocadillo. El díptero voló en círculos aparentemente absurdos para, después, dirigirse hacia la soleada pista. Veinte segundos después, el bulto móvil y colorido compuesto por la bicicleta y el propio Tristán, apareció como un mosaico en la visión pixelada del insecto que, sin dudarlo, voló hacia él con intención de rodearlo e inspeccionarlo. Una señal química llevó a la mosca hacia las gotas de sudor que manaban bajo el casco. Tristán escuchó el molesto zumbido justo antes de soltar su mano izquierda del manillar con el fin de retirar, con un manotazo al aire, al inoportuno organismo volador. Varios intentos fracasados de ahuyentarlo terminaron con el cuerpo de la mosca golpeando casi sonoramente y con dolor en la retina derecha del ciclista. Fue el acto casi reflejo de llevarse la mano izquierda a dicho ojo lo que originó todo. Un leve e indeseado giro del manillar con su mano derecha llevó a un contragiro brusco y excesivo, motivado por la intención de recuperar la estabilidad. Para compensar éste, Tristán volvió a girar en sentido contrario con, si cupo, mayor brusquedad. En ese instante, la situación era totalmente incontrolable y la pérdida de verticalidad era absolutamente inevitable. En una fracción de segundo y desesperadamente, Tristán y su instinto de supervivencia optaron por frenar bruscamente, provocando que la bicicleta se detuviese casi en seco en un extraño escorzo y que la inercia le expulsase violentamente hacia adelante.

Volaría Requejo cerca de seis metros antes de caer aparatosamente en la cuneta, golpeando su costado contra el tronco de un pino y rodar después a lo largo de varios metros por la pista, recibiendo incontables e intensos impactos y raspaduras. Cuando su cuerpo quedó totalmente inmóvil, el ciclista permaneció quieto cerca de medio minuto mientras valoraba sensorialmente el alcance de sus lesiones y heridas. Percibió un dolor generalizado, aunque especialmente agudo en su tórax, probablemente a causa del impacto con el pino. Sin embargo, se sintió moderadamente tranquilo al hacerse consciente de que su cabeza apenas había sufrido. Por otro lado, numerosas erosiones en su piel amenazaban con comenzar a sangrar de inmediato. Ambas manos y muñecas, intensamente doloridas al tratar de amortiguar los golpes, habían sufrido torceduras y presiones de consideración. Una vez realizada esa primera evaluación y aliviado el shock, el anestesista comenzó a moverse lentamente con la intención de ponerse en pie. Su costado se quejó con una afilada punzada de dolor que le hizo contraerse y gritar en soledad, pese a lo cual reunió coraje y se irguió torpemente. Miró hacia atrás y vio su bicicleta en mitad de la pista. La rueda delantera aún giraba pese a haberse combado y rozar en la pastilla de freno cada lenta vuelta. Fue en ese instante cuando supo que no le quedaba otra opción que continuar camino a pie, empujando su tullida y renqueante bicicleta, con la vaga esperanza de ser adelantado por algún vehículo cuyo ocupante pudiera socorrerle y llevarle hasta la estación de tren. Iniciado el calvario cuesta abajo, se inundó de acuciante certeza; no llegaría a su compromiso laboral en Madrid ni por asomo, lo que le hizo maldecir su suerte con altisonantes blasfemias y juramentos lanzados al aire cálido y sin brisa.

Mientras, aquella mosca viajaba posada inadvertidamente en un lateral del sillín, completamente ajena a lo que acababa de causar. Minutos después retomaría el alado el caótico vuelo hasta que sus ojos compuestos se centrasen en la furgoneta de un par de guardas forestales que, por otra pista cercana, bajaba hacia el pueblo tras su jornada laboral. La ventanilla del conductor permanecía completamente abierta para que el velludo antebrazo de aquel se tostase y entrase algo de aire en movimiento en el vehículo. El olor del bocadillo del que disfrutaba el copiloto atrajo poderosamente al insecto que, sin dudar un instante, maniobró para acercarse a aquel bulto en movimiento, sonoro y químicamente atrayente.

*

*

*

2

MISMO LUGAR, INSTANTES DESPUÉS.

—Odio los miércoles —comentó Esteban Lerena justo antes de dar otro mordisco a su bocadillo—. Sabemos a qué hora entramos a currar, pero nunca cuando salimos.

—Anda, no te quejes tanto, ¿preferirías estar recogiendo basura como antes? Seguro que no… —respondió Miguel Sampedro según accionaba la palanca de cambios ante un repecho.

—¡Joder, ha entrado una avispa! —exclamó Esteban.

—No, no es una avispa; es sólo una mosca. Estás hoy un poco negativo y cansino, ¿eh?

El osado díptero se dirigió directamente al bocadillo del guarda y logró posarse en él. La reacción del copiloto fue intentar atraparla al vuelo, pero erró. Tras ello, ambos guardas forestales continuaron de charla ignorando al insecto. Este no salió del vehículo, nutriéndose de un pequeño fragmento de queso que cayó al suelo.

—¿Dónde nos toca esta tarde?

—Robledo.

—Bueno, lo prefiero. Al menos podemos tomarnos antes las cervezas y las tapas de tortilla en el bar de la plaza.

Aparcaron la furgoneta en las afueras del pueblo justo de que Esteban Lerena se llevase a las fauces la última porción de aquel bocadillo de queso. Al abrir las puertas del vehículo, la mosca salió con ellos en busca de alguna otra fuente de alimento, para ir a posarse, instantes después, en el rabo de un perro que dormía a la sombra de un pino. Tras unos minutos de inspección en aquel enjambre de pelo color canela, retomó el vuelo hacia ninguna parte. Un periplo casi caótico le llevó a acercarse, poco a poco y sinuosamente, a una de las gigantescas antenas del así llamado Complejo de Comunicaciones de Espacio Profundo de Madrid, en Robledo de Chavela. Tras un tiempo de vuelo y descanso en torno a la enorme estructura, el diminuto artrópodo terminó posándose en el alféizar de una de las ventanas cerradas de la sala de control del complejo. De cuando en cuando, y tras un aparentemente innecesario revoloteo en espiral, se posaba sobre el vidrio de la misma para dar pequeños paseos en círculo o permanecer estática frotando sus patas delanteras y demás maniobras para limpiarse y liberar de partículas de polvo sus ubicuos sensores químicos. Mientras, en una terraza a la sombra, Esteban Lerena y Miguel Sampedro engullían sendos pinchos de tortilla de patata entre generosos tragos de cerveza.

María Ángeles Granados, o «Geli», terminó, como cada mañana a cosa de las 14:30, de fregar el suelo y realizar la limpieza general de la sala de control. Como de costumbre, y para ventilar la gran estancia, abrió un par de ventanas que cerraría, media hora después, al final de su turno. Casualmente, esta vez fue a abrir aquella sobre cuyo alféizar se aseaba la mosca una vez más. Poco después, esta levantó de nuevo el vuelo y, al no encontrar obstáculo, ingresó en la recién higienizada sala, repleta de ordenadores y de monitores, de mesas y de sillas. Pasado el tiempo necesario, Geli cerró las ventanas, cogió sus bártulos y salió de la sala en dirección al almacén-vestuario. Se puso su ropa de calle y se dirigió a casa una vez más. Mientras, el insecto se dedicó a inspeccionar, casi en balde, la estancia en busca de nutrientes. Nada reseñable ocurriría hasta la llegada, más de una hora después, de los controladores del turno de tarde.

Katalin Nagy, de nacionalidad húngara, con su alborotado pelo entrecano y su sempiterno aire despistado, fue la primera en llegar a su puesto de trabajo. Limpió sus gafas de grueso vidrio y sacó de su mochila un termo con té frío que dejó sobre la mesa. Pese a llevar ya más de trece años en España, no terminaba de acostumbrarse a las altas temperaturas del verano, por lo que, aunque la sala estaba climatizada, llevaba siempre un pequeño ventilador a pilas, además de su infusión helada. Poco a poco fueron llegando sus tres compañeros, dos hombres y una mujer, todos españoles. Algo más de diez minutos después, los cuatro estaban ya sentados ante sus monitores. Una inclasificable música ambiente sonaba a muy bajo volumen desde uno de los altavoces secundarios, lo que, añadido a lo rutinario y tedioso de las tareas, al calor reinante y al síndrome postprandial debido a la concentración de sangre en sus aparatos digestivos, contribuía a generar somnolencia entre los técnicos, sopor que trataban de aliviar, en vano, con chistes y bromas, generalmente muy manidas.

Tras hora y media de labor de control, registro y envío de información, Katalin Nagy decidió tomar su primer té de la tarde, aprovechando uno de los tiempos muertos en su tarea y mientras se compilaba un nuevo paquete de ceros y unos. Su labor era, como la de sus compañeros, el seguimiento de los datos relacionados con la trayectoria de un cometa, concretamente el 67P/Churyumov-Gerasimenko, un descomunal bloque de hielo y roca de cuatro kilómetros de diámetro, compuesto por dos lóbulos posiblemente fusionados muchos millones de años terrestres atrás. Con sus, aproximadamente, diez millones de millones de kilogramos, y vagando casi eternamente por el espacio interplanetario a más de quince kilómetros por segundo en torno al sol y en órbita elíptica e irregular, se acercó considerablemente a la Tierra en 1959 tras encontrarse con Júpiter y quedar desviada su trayectoria hasta alcanzar una distancia al planeta, en su punto más cercano, de tan sólo 1,28 UA (unidades astronómicas o distancias medias entre la Tierra y el Sol). Seis años antes del presente, el cometa fue el objetivo de la sonda *Rosetta*, un vehículo espacial lanzado en 2004 por la ESA (Agencia Espacial Europea) con la novedosa y pionera misión de estudiar muy de cerca un bólido de este tipo, mediante el posado en su superficie del aterrizador *Philae*.

La húngara vertió cuidadosamente algo de té frío en la tapa-vaso del termo y dio un par de sorbos. Fue en ese momento cuando la mosca, que había pasado completamente inadvertida hasta entonces, voló en círculos atraída por el abundante azúcar que llevaba la infusión. Fue a posarse en el borde del vaso segundos antes de ser vista por Nagy, que reaccionó aspaventando para forzar la retirada del díptero. Éste levantó el vuelo lo suficiente con el fin de no ser golpeado, para posarse acto seguido sobre el impoluto teclado blanco. Un nuevo manotazo al aire de la ingeniera volvió a espantarla, pero golpeando esta vez, involuntariamente, un bolígrafo que sobresalía de un cestito de mimbre lleno de rotuladores indelebles y de marcadores fluorescentes. El resultado fue el previsible. El recipiente volcó aparatosamente, y fue el dedo meñique izquierdo de Katalin el que, también involuntaria e inconscientemente, rozó el tabulador del sensible teclado según intentaba ella evitar el pequeño accidente. Recogió con calma y resignación el desorden, dio un par de sorbos más de té y miró con censura al insecto volador según se dirigía este de nuevo hacia la luz solar, tamizada por el vidrio de una ventana.

*

*

*

3

EL ESCORIAL Y HOSPITAL CLÍNICO SAN CARLOS, MADRID. DOS HORAS Y DIECISIETE MINUTOS DESPUÉS DEL ACCIDENTE.

Tristán Requejo y su bicicleta llegaron cansados, doloridos, ensangrentados y sucios, a la estación de tren de El Escorial. El anestesista se resignó a su suerte al comprobar en un monitor que aún restaban casi cien minutos para que llegase el siguiente tren con destino Príncipe Pío, en Madrid. Candó a un árbol su maltrecho y cojo vehículo y accedió a los aseos con intención de refrescarse y lavarse las heridas en codos, rodillas y manos. Se miró al espejo y respiró con cierto alivio al pensar que las consecuencias de su infortunio podrían haber sido mucho más graves. Salió al hall de la estación y sacó su teléfono móvil de una pequeña mochila de la que no se había desprendido en ningún momento. Confió en que el aparato no hubiera sufrido golpes considerables, pero su esperanza quedó inmediatamente fulminada al observar, con horror y estupor, que la pantalla táctil del mismo estaba completamente resquebrajada. Múltiples fracturas en el vidrio partían del supuesto lugar de impacto, para morir en el borde. El accidentado pulsó la tecla de encendido. Como consecuencia, el terminal respondió con normalidad, mostrándole la imagen de inicio, lo que le generó una sensación de alivio contenido. Fue al intentar acceder a la agenda cuando supo que hacer una llamada sería un objetivo poco menos que imposible, ya que la única respuesta que obtuvieron sus cada vez más insistentes toques con el dedo central de su mano derecha fue un caos de ventanas abriéndose y cerrándose fugazmente, realizando acciones indeseadas. Cerca de diez minutos de fallidos intentos le llevaron a hacer ademán de estrellar el dispositivo contra el mármol del suelo del hall. Supo entonces, entre maldiciones, que la bronca que le caería sería absolutamente ineludible. Ni por asomo llegaría a tiempo a la intervención quirúrgica que tenía programada a las 17:00 ni, lo que era mucho peor, podría avisar con tiempo para comunicar lo ocurrido, imposibilitando que se llamase a un sustituto. El paciente que estaba citado para ser operado esa tarde, concretamente para que se le implantara una prótesis de cadera, habría de esperar a otra cita. Por otro lado, el trabajo del cirujano y de los asistentes quedaría bloqueado ante la imprevisible ausencia no notificada del anestesista.

Mientras, en el Hospital Clínico de Madrid, Tarsicio Uría, electricista de profesión y de sesenta y dos años de edad, leía en su teléfono móvil las noticias que un algoritmo de Google había seleccionado para él. Permanecía en un pasillo, sentado en una silla de ruedas, vistiendo un pijama blanco con un estampado de pequeños rombos de color rojizo. Le acompañaba su mujer, luchando denodadamente por permanecer despierta, dando periódicas y breves cabezadas mientras sujetaba, enrollado, un ejemplar de la revista «Pronto». La espera a que su marido fuera llevado a quirófano estaba resultando eterna para ambos, si bien ya intuían de antemano que así sería. El asistente que habría de empujar la silla de ruedas hasta el quirófano se demoraba excesivamente y sin que mediase explicación alguna, tanto que Uría decidió hacer girar su asiento para acercarse hasta el mostrador de información con la intención de reclamar ante el excesivo retraso de cerca de sesenta minutos para que la intervención comenzase.

—Perdone, ¿podría decirme algo sobre lo mío? Ya pasa de

una hora de retraso… —dijo Tarsicio moviendo las manos y señalando un inexistente reloj en su muñeca izquierda.

—No creo que tarden ya mucho en llevarle, no se preocupe —respondió una joven de lacia y brillante melena negra mientras sonreía de modo poco convincente.

—Bien, gracias, eso espero.

Instantes después, en el quirófano 2, el cirujano y sus asistentes comenzaban a impacientarse ante la ausencia, interpretada aún como un considerable retraso, de Tristán Requejo.

—Pero bueno, ¿qué pasa con este hombre? Debería estar aquí hace lo menos tres cuartos de hora; ¿puede llamarle alguien? —exclamó Arsenio Mata, el cirujano.

—Ya le llamé yo hace unos veinte minutos… —dijo una asistente.

—¿Y?

—Nada, no respondió. Le llamo de nuevo a ver.

Patricia Muro sacó su teléfono móvil del bolsillo de su camisa de trabajo y pulsó varias veces sin obtener la menor respuesta.

Para Tristán llegó el momento temido, aquella inevitable llamada de algún compañero para preguntarle por su retraso y por la hora aproximada de llegada. Su aparato sonó en el tren de cercanías que, para colmo y desesperación del anestesista, había llegado a El Escorial con cerca de media hora de retraso. Miró la quebrada pantalla de su dispositivo durante unos segundos mientras ensayaba mentalmente, siempre en el caso de que su aparato respondiese correctamente, una respuesta que no podría ser otra cosa que una disculpa sincera. Pero, cuando definitivamente tocó el quebrado vidrio para establecer comunicación, una serie de ventanas emergentes comenzaron, de nuevo, a abrirse y cerrarse vertiginosamente. Tristán intentó, absolutamente en vano, hacerse con la situación. Sin embargo, lo que le hizo maldecir su suerte definitivamente fue que, de forma absolutamente aleatoria, el aparato mostró el reenvío a su jefa, vía WhatsApp, de un breve vídeo de evidente y explícito carácter pornográfico. De nuevo, sus intentos desesperados por abortar dicho envío, seguidos de una agónica tentativa de apagar su terminal, fueron completamente inútiles. Presa de una frustración extrema, Tristán Requejo lanzó su desquiciado aparato con toda su fuerza contra el suelo del vagón. El artilugio electrónico rebotó en el firme cubierto con suelo de elástico caucho negro antes de salir despedido para impactar en el hombro de un viajero de nacionalidad china, que apenas se inmutó.

—Nada, Arsenio. Este hombre sigue sin responder —dijo Patricia.

—Y no tenemos a nadie que le pueda sustituir, ¿verdad? —preguntó el cirujano.

—Está Mario, pero libraba hoy, y se iba fuera.

—Pues nada, habrá que decirle al paciente que hoy no se opera. Detesto tener que hacer esto, porque no le va a hacer ninguna gracia. Y a ver qué coño ha pasado con Tristán; espero que tenga una buena excusa.

Arsenio Mata se quitó los guantes y el mandil y salió del quirófano dando un portazo. Se dirigió hacia Tarsicio Uría que, sentado en su silla de ruedas, comenzaba a adormilarse otra vez ante la dilatadísima espera.

—¿Tarsicio Uría? —preguntó Arsenio Mata pese a conocer de sobra la identidad de aquel hombre.

—¡Sí! —respondió el paciente, sobreentendiendo que finalmente llegó su hora.

—Mire, lamento enormemente comunicarle que su intervención no podrá llevarse a cabo hoy.

—Pe… pero, ¿qué me está diciendo?, ¿por qué?

—Por motivos técnicos. El anestesista ha debido tener un problema serio y no ha podido llegar aún. Y no logramos contactar con él.

—Pero, ¿no hay otro que pueda suplirle?

—Lo siento mucho, créame, pero no, no es posible.

—Me parece increíble lo que me está diciendo. Llevó cerca de tres horas esperando y ahora me dicen que tendrá que ser otro día, ¿cuándo? —dijo airado Uría.

—Intentaremos que sea cuanto antes, pero en este momento no puedo comprometerme a darle una fecha.

Tarsicio Uría, electricista autónomo, mantuvo una mirada fría y silenciosa hacia el cirujano, una mirada elocuente que transmitía censura, reproche e indignación, con un sutil toque de resignación. Supo que habría de volver a casa y quedar a la espera de una nueva fecha para la intervención que devolvería a su cadera una funcionalidad suficiente. Minutos después, él y su aún adormilada señora, partían en un taxi, quejándose aún, hacia su domicilio.

*
*
*

4

CALLE PAYASO FOFÓ, 34, TERCER PISO, LETRA F, Y CALLE ALMANSA 1, 11.º DCHA., MADRID.

Pensó Tarsicio Uría al llegar a casa en cómo aprovechar lo que quedaba de tarde y, en primera instancia, decidió intentar rehacer la cita que había cancelado con un cliente con motivo de su intervención quirúrgica. Pese a seguir con su cadera dolorida, nada le impediría volver a cablear y revisar la instalación eléctrica en el domicilio de ese tal Roberto Suerte. Así que, tras tomar un café y a la espera de que se le asignase una nueva fecha para la operación, llamó por teléfono al cliente.

—Sí, dígame —contestó Roberto.

—Mire, soy Tarsicio, el electricista. Le llamo porque me han cancelado la operación que tenía para esta tarde, ¿sabe?, así que, si quiere y puede, podría ir esta misma tarde a empezar la faena…

—Hoy mismo dice… —respondió lentamente para ganar tiempo y evaluar la nueva situación—. Déjeme pensar. El caso es que iba a ir con mi mujer y unos amigos a comer y al teatro.

—No se preocupe, puedo ir mañana si le va mejor.

—Voy a consultarlo con mi mujer y le llamo en unos minutos, ¿de acuerdo?

—Muy bien, le espero.

—Hasta ahora —dijo Roberto antes de colgar.

—Cariño, acaba de llamar el electricista para decirme que

resulta que al final sí que puede venir esta tarde…

—Pero bueno, ya sabes que hoy no podemos… aunque, pensándolo bien, me gustaría que quedase reparado el tema cuanto antes. Nos vendría muy bien que lo hiciese hoy, o al menos que lo empezase —respondió Esperanza Barriga torciendo los labios mostrando duda.

—A ver, podemos hacer una cosa. Tú te vas a comer con estos, hacéis tiempo tomando café o lo que sea, y yo me agrego para el teatro más tarde. Como no creo que el electricista termine hoy, le digo que tiene hasta las ocho, que a esa hora me tengo que ir y que ya continúe mañana, ¿cómo lo ves?

—Hombre, es una pena, pero, dadas las circunstancias, parece razonable.

—Venga, pues hecho. Le llamo ahora mismo y se lo digo.

—Bueno, me voy a pintar un poco y salgo.

Roberto sacó el teléfono de su bolsillo y tocó la pantalla táctil.

—Sí, Roberto, dígame —respondió el electricista.

—Tarsicio, ya hablé con mi mujer. No hay problema, puede venir esta tarde. Le agradecería que fuese cuanto antes, ya que tengo que irme a las ocho como muy tarde.

—Sí, no se preocupe. Acabo de terminar de comer, así que, si quiere, salgo ya mismo. En tres horas y media lo puedo dejar muy avanzado y, si va bien todo, puede que incluso lo deje acabado, aunque no se lo aseguro.

—Muy bien, aquí le espero entonces. Tiene la dirección, ¿verdad?

—Sí. En treinta o cuarenta minutos estoy allí.

—Hasta luego entonces.

—Hasta luego.

Esperanza salió del cuarto de baño, guardó su teléfono y su cartera en el bolso, y se miró una última vez en el espejo del hall.

—Roberto, ya me voy. Nos vemos en la puerta del teatro a las nueve menos cuarto, ¿de acuerdo?

—Sí. Iré en metro para no depender del tráfico ni de aparcar. Allí nos vemos. Y pide disculpas a estos de mi parte —dijo justo antes de besar la mejilla de la mujer.

—Muy bien. Tienes guiso en la nevera. Calienta lo que quieras en el micro. Llama si hay cualquier cosa.

—Descuida.

Roberto cerró la puerta y se dirigió a la cocina con intención de preparar la comida, mientras Esperanza llamaba al ascensor y aguardaba. Durante ese minuto escaso, pensó ella en lo contingente de las cosas y argumentó para sí en silencio: «El electricista no se opera, así que viene a hacer la chapuza, lo que causa que Roberto se quede en casa y no venga a comer, lo que me viene de maravilla para hablar con Eva y con Juan a solas y comentarles lo del regalo y la fiesta». El ascensor terminó de llegar hasta el piso once. Se abrieron las puertas y Esperanza entró en el habitáculo sin poder ni querer evitar mirarse de nuevo en el espejo y recolocarse el recogido del pelo.

Pulsó el botón marcado con una «B» y volvió a acicalarse y, pasados unos segundos, cayó en la cuenta de que el ascensor no se había movido ni un centímetro. Volvió a presionar el botón, pero, pese a que este se iluminó, tampoco hubo reacción, sonando esta vez un sonido extraño e inusual, procedente de algo por encima de la cabina. Pulsó el botón una tercera vez, insistiendo sin éxito. Fue entonces cuando el ascensor comenzó a descender, pero, pasados dos segundos más, se detuvo de nuevo, sintiendo Esperanza un pequeño retroceso hacia arriba, seguido de un nuevo descenso, como si la cabina, suspendida en el aire, oscilase verticalmente de forma leve hasta quedar inmóvil de nuevo. La mujer comenzó a segregar adrenalina y a inquietarse visiblemente. Supo que algo extraño ocurría y se dispuso a sacar el teléfono móvil de su bolso para llamar a su marido. No tuvo tiempo. Justo cuando pudo, acelerada y torpemente, acceder con el tacto a su dispositivo, escuchó un sonido sordo y comenzó a sentir que su cuerpo se alivianaba inmediatamente hasta quedar casi suspendida en el aire. Durante los cerca de cuatro segundos que duró la caída a plomo de la cabina, Esperanza Barriga sintió horror al ver pasar, vertiginosamente, los diez pisos que le separaban del suelo. La sensación de ingravidez y la certeza de la muerte inminente le produjeron un paro cardiaco.

La cabina se estrelló violentamente contra el suelo, instante en el que ella, aún con vida, sintió como si su cuerpo pesase varias toneladas. El fallecimiento fue instantáneo. Todo, absolutamente todo en su vida, acababa de forma tan abrupta como absurda e imprevisible. El estruendo del golpe se propagó hacia arriba hasta llegar, muy atenuado, a los oídos de Roberto, que acababa de sacar su plato de guiso del horno microondas. Corrió hacia el descansillo y escuchó tenues voces alarmadas procedentes del bajo. Casi paralizado, vio una nube de polvo oscuro subir por el hueco del ascensor. Bajó las escaleras corriendo atropelladamente, cayendo al suelo al llegar al cuarto piso, pero levantándose en el acto. No tuvo la menor noción de estar bajando los últimos tramos de escalera hasta llegar al bajo, suplicando a cualquier instancia superior, o al mismo azar, que aquello hubiese ocurrido después de que su mujer saliese del edificio. El horror se instaló en todo su ser y de forma vitalicia cuando, tras hacer una llamada, distinguió el tono del teléfono móvil de Esperanza, procediendo, ahogado, del interior de la maltrecha y humeante cabina. Entre el vendaval de emociones que azotaba su consciencia, se coló un fugaz pensamiento que le hizo sentir aún peor; de no haber sido por la llamada del electricista, él mismo sería ahora otro cadáver en aquel cubículo mortal.

*

*

*

5

COMPLEJO DE COMUNICACIONES DE ESPACIO PROFUNDO DE MADRID, EN ROBLEDO DE CHAVELA.

El tabulador del teclado de Katalin Nagy había recibido la ligera presión de la uña del dedo meñique de la mujer, la suficiente para activar el comando. A la húngara, concentrada en espantar a la mosca, le pasó completamente inadvertido el pequeño detalle. Lo que esa involuntaria e inadvertida acción generó fue el aparentemente inocuo e intranscendente cambio en la forma de registrar el valor de uno de los cinco parámetros principales que monitorizaban el movimiento y posición del cometa en su casi inminente nuevo acercamiento, concretamente el de la velocidad de rotación con respecto a su eje principal. Una ligera y casi inapreciable permuta en cuanto a la cantidad de decimales del valor, en radianes por segundo, supondría un mínimo y casi despreciable error en las mediciones. En cualquier caso, Katalin, completamente ajena al hecho de haber realizado tal modificación, continuó su trabajo con total normalidad y envió, a lo largo de la jornada, sucesivos paquetes de datos al *Rosetta* Mission Operations Centre, ubicado en Darmstadt, Alemania, que, seis años después de la llegada de la sonda al bloque de hielo, continuaba siendo el lugar de referencia para el seguimiento de la trayectoria del bólido. Lo que la ingeniera húngara jamás habría imaginado fue el cúmulo de concatenadas consecuencias del efecto acumulativo de esos nimios errores en los valores del parámetro de rotación del objeto cósmico estudiado, junto a la amplificación que sobre este generase, más adelante, el efecto Yarkovsky.

Ya muy cerca de la hora de conclusión de la jornada laboral, la controladora magiar dio un último sorbo a su té, ya no tan frío, y dejó sobre la mesa el termo abierto. Instantes después, vio como aquella mosca se posaba en el borde del recipiente para succionar las trazas de azúcar que habían quedado sobre él. La miró con indiferencia y se dedicó, aburrida, a observar su actitud. Por unos minutos se entretuvo pensando en la absoluta insignificancia del insecto, en su corta vida y en su supuestamente nulo papel en el cosmos. Esos pensamientos le llevaron a compararse a ella misma con el díptero. A ella misma y al resto de los seres humanos. Concluyó que esa insignificancia no era exclusiva de aquella curiosa mosca, y se sintió tan decepcionada como complacida al ser consciente, una vez más, de que, aunque a una escala ligeramente diferente, ella era una parte ridículamente diminuta de un gigantesco e infinitamente complejo fractal, y de que su labor de recopilación y envío de datos sobre uno de los millones de cometas que giraban en torno a una de las incontables estrellas observables, no era, en esencia, muy distinta de la búsqueda de azúcar en el termo por parte de aquel minúsculo insecto. Embobada en sus pensamientos, no cayó en que sus compañeros ya habían recogido y se encaminaban a la puerta de salida.

—¡Vamos Katalin! Siempre eres la última, hija —dijo Socorro, su compañera, según se recogía el pelo.

—Es verdad, pero también soy la primera en llegar, ¿eh?

—Eso también es verdad, fíjate. Pero vamos, mujer, que te distraes viendo volar una mosca…

Nagy, que ya había empezado a recoger sus cosas, miró inquisitivamente a Socorro, sorprendida ante el inesperado acierto de la mujer; efectivamente, se había distraído, y mucho, viendo volar una mosca. El minúsculo animal se posó en el gran monitor de la sala, aún caliente.

*

*

*

6

DOMICILIO DE ROBERTO SUERTE, MADRID.

Roberto Suerte era ingeniero informático. Trabajaba como autónomo, dedicado al desarrollo de lenguajes especializados para corrección de errores en el tratamiento de datos masivos. Desde hacía un par de años, su principal desempeño era el de concluir un protocolo estadístico de tipo bayesiano que sería ofrecido a diversos organismos, entre los que figuraba la ESA (Agencia Espacial Europea). Ese día lloraba, una vez más, sentado al borde de la cama. Cada vez que eso ocurría, una vez al día cómo mínimo, se sentía inmensamente culpable. Cada vez que caía en ello, su ahora sarcástico apellido no colaboraba a que esa emoción se disipase. Sabía, racionalmente, que ese sentimiento era completamente absurdo e infundado, pero no era capaz de escapar de él, llegando incluso, una noche, a autolesionarse con unos alicates. Se repetía en su cabeza constantemente que lo que estaba en el guion de su vida era haber muerto junto a su mujer en aquel abominable y demencial accidente. Pero no ocurrió así, algo lo cambió todo, algo fortuito y quizás causado por otro acontecimiento igualmente azaroso. Aquel estúpido electricista tuvo que llamar para retenerle en casa y no salir con su mujer y entrar en ese ascensor, relegándole así a una vida llena de dolor y de trauma. Toda aquella necesidad visceral de abrazar a Esperanza era parcialmente calmada con el sucedáneo que suponía apretar a la gata entre sus brazos y besuquearla hasta que el felino, hastiado, se revolviese y le profiriera algún intenso mordisco en las manos. Había vuelto a fumar tras haberlo dejado por siete años, mientras que el desorden y la falta de higiene comenzaron a apoderarse de su día a día.

Sin embargo y pese a aquel omnipresente pesar, muy poco a poco comenzaría a cundir en él un sentimiento opuesto, aquel que, relacionado con el innato instinto de supervivencia, le invitaba con cortesía a sentirse, en cierto modo, reconfortado. Pese a ser Roberto de carácter absolutamente escéptico, esa mañana, mientras tomaba el primer café, fantaseó con la idea de que aquella combinación de factores podría tener algún sentido.

—¿Y si, de alguna forma, yo he sobrevivido por alguna razón que no puedo entender?, ¿y si alguna configuración del destino hace que sea necesario que yo viva, al menos un tiempo más? —pensó sin palabras.

Habían pasado seis días desde el entierro de Esperanza, y Roberto halló en su trabajo la mejor forma de intentar mantener la cabeza en su sitio. Más allá de mantener su mente ocupada, el trabajo adquiriría, poco a poco, un carácter obsesivo, hasta el punto de hacerle olvidar plenamente lo acaecido durante largas horas al día. Así, sumido en un remolino de elucubraciones sobre todo lo acaecido, decidió que su mejor opción habría de ser activa, incluso proactiva. Finalmente, y aún entre lágrimas, concluyó que el hecho de su azarosa salvación, e incluso la brutal muerte de su mujer, habrían de servir de algo, mediase o no aquel determinismo esotérico que le abordaba. Aupado por ese nuevo viento que comenzó a soplar en su ánimo, decidió que se emplearía a fondo en su trabajo y en todo aquello que hiciese. Cada uno de sus actos sería llevado a cabo con un ideal de excelencia, o de corrección cuanto menos. Recogió, ordenó y limpió la casa como nunca lo había hecho. Se duchó, puso dos lavadoras y se puso ropa limpia.

Pasaría semanas escribiendo cientos de líneas de código cada hora sin apenas descanso. Antes de dormir, fuera la hora que fuese, bebía varios vasos de ginebra con la idea de conciliar el sueño lo antes posible sin pensar demasiado. Se sentía cada noche, progresivamente, más cerca de conseguir alcanzar su objetivo. Se preguntó a sí mismo y se respondió negativamente; no perseguía fama, ni prestigio, ni reputación, ni dinero, sino tan solo el doble objetivo de mantenerse activo y de dar algo de sentido a su casual y devastadora supervivencia. No sabría Suerte en ese momento la transcendencia que, dos meses y medio después, tendría aquel casi mesiánico vuelco en su actitud.

$$\star$$
$$\star$$
$$\star$$

7

CENTRO DE OPERACIONES DE LA MISIÓN ROSETTA, EN DARMSTADT, ALEMANIA.

Mattias Felke llegó a su lugar de trabajo, como casi siempre, en bicicleta. Ese lugar que, seis años antes, había sido el centro principal para el control de la exitosa misión *Rosetta*. Aún continuaba siendo uno de los encargados del seguimiento del cometa. La actividad se había incrementado en las últimas semanas debido al nuevo acercamiento a la Tierra del 67P/ Churyumov-Gerasimenko. El turno de Felke comenzaba a las 7:00, antes de amanecer en la ciudad. Él era uno de los nueve técnicos de la agencia encargados del control de todos los datos procedentes de los nodos principales de recepción de datos, uno de los cuales era, de nuevo, el Complejo de Comunicaciones de Espacio Profundo de Madrid, en Robledo de Chavela.

Una vez pasados todos los puestos de control e identificación, Mattias saludó al compañero del turno anterior. Bromearon un rato hasta que este se levantó de su butaca y recogió sus cosas.

—¿Alguna novedad? —preguntó Mattias.

—Nada. Todo correcto y sin la menor incidencia. Tan solo un pequeño error en la encriptación de un paquete de datos, pero ya está resuelto.

—A veces echo en falta que haya alguna incidencia leve. Si todo va perfecto, es aburrido.

—Puede, pero mejor aburrirse que soportar la responsabilidad de algo más grave. En fin, me voy. Que sea amena la jornada.

—Gracias, Robin. Hasta mañana a esta hora.

Mattias se sentó a los mandos tras dejar su vaso de café en la mesa. Comenzó repasando el contenido de todas las pestañas abiertas para comprobar que, tal y como dijo su compañero, nada estuviese fuera de lo normal. Calculó que en media hora empezarían a llegar más datos de los centros de recepción directa, por lo que supo que, hasta ese momento, no tendría nada especialmente productivo que hacer. Se levantó y dio un paseo por la sala, saludando a los compañeros que, poco a poco, iban llenando la sala. En aproximadamente una hora llegaría el controlador jefe, por lo que no había ningún tipo de presión por sentarse a su mesa. Pese a ello, volvió a su puesto y se entretuvo viendo de nuevo la simulación en vídeo que, seis años atrás, se hizo sobre el aterrizaje del módulo de descenso *Philae* en el cometa, para después compararlo con las imágenes reales que tomó *Rosetta*. Le llamó la atención la similitud entre ambos metrajes y quedó, una vez más, fascinado por la visión real de aquel monumental bloque errante de hielo y roca, aquel mundo agreste en miniatura que, tras esos seis años de espera, volvería a acercarse en breve al planeta. No pudo evitar sentir lástima por el triste destino de *Philae*, el módulo de descenso, que acabó casi boca abajo en una grieta del cometa al fallar las anclas que tenían como misión aferrar al ingenio a la superficie del cometa y no rebotar eternamente debido a la bajísima gravedad.

Una señal acústica y una luz verde parpadeante en la esquina inferior de su monitor le indicaron que comenzaban a llegar nuevos datos. Siguió los protocolos establecidos y, una vez almacenados, pasó a incorporarlos a los algoritmos que, de forma casi permanente, recalculaban todos los parámetros que definirían diariamente la trayectoria del objeto cósmico. El siguiente paso, casi rutinario pero esencial, era el de establecer la distancia a la Tierra en el punto máximo de acercamiento que tuviera más probabilidad de ser el correcto en base a los datos. Todas las estimaciones previas situaban ese punto de máxima cercanía en más de doscientos cincuenta mil kilómetros, aproximadamente la misma que se registró algo más de un lustro antes, cuando *Rosetta* se acercó a él a algo más de la mitad de la distancia entre la Tierra y su satélite natural.

Felke terminó de actualizar los datos para proceder a activar la nueva simulación. Miró la pantalla con la indiferencia habitual, absolutamente convencido de que, una vez más, todo seguiría el curso normal previsto. Sin embargo, un rictus de sorpresa y contenida alarma dibujó los músculos de su cara. Lo que el monitor mostraba no era en absoluto lo esperado. La trayectoria que los nuevos datos forzaron a trazar, suponía una desviación considerable con respecto a lo previsible. 67P/Churyumov-Gerasimenko se acercaría a la Tierra mucho más de lo que se estimaba previamente, tan solo a ciento trece mil kilómetros, lo que no supondría, en sí, ningún problema, dado que la probabilidad de impacto con el planeta seguía siendo extremadamente baja. No obstante, imaginó Mattias que aquella anomalía debía tener una explicación en algo que no se había tenido en cuenta. Elucubró mientras repetía una y otra vez la simulación. Quizás se hubiera producido una colisión del objeto estudiado con algún otro fragmento o debris cósmico no detectado. Sabía que la probabilidad de que eso ocurriera era casi despreciable, aunque no nula. En cualquier caso, lo primero que haría sería comunicarlo inmediatamente al controlador jefe en cuanto llegase. Miró a su alrededor con la intención de comprobar si sus compañeros eran ya conscientes de las novedades. Supuso que no era así, dado que todos mantenían una actitud totalmente normal y hablaban relajadamente mientras trabajaban. Diez tensos minutos transcurrieron hasta que Hans Von Miller llegó a la instalación.

—Buenos días —dijo este nada más entrar y colgar su chaqueta en un perchero del hall.

—Hans… —respondió Felke—, antes siquiera de que te sientes, ven a ver esto, por favor.

—No será otro de esos vídeos que tanto te gustan, de caídas de modelos en las pasarelas, ¿verdad?

—¿Eh? No, no. Esta vez es algo más serio. Ven.

Von Miller se acercó a la mesa de Felke tras borrar la sonrisa que iluminaba su cara segundos antes.

—¿Qué pasa? —dijo sin quitar la mirada del monitor de su compañero.

—Nada por lo qué preocuparse en exceso, tranquilo. Bueno, eso creo yo. Verás, nada más llegar he introducido el último paquete de datos llegado desde Madrid. Y esto es lo que muestra la simulación tras ello —respondió Mattias justo antes de golpear con cierta fuerza el «enter» del teclado.

Inmediatamente, la simulación se inició de nuevo. Mattias Felke pulsó un par de veces una tecla para ralentizar la visualización. Un punto luminoso etiquetado como 67P comenzó a moverse lentamente contra el fondo negro del monitor. Una curva imaginaria marcaba la trayectoria de aproximación del cometa a la Tierra. Casi paralela a ella, otra línea marcaba la trayectoria previa, la conocida hasta antes de esa madrugada. La desviación de la nueva con respecto a aquella era lo suficientemente obvia para quedar patente tras un primer vistazo. No había concluido la simulación cuando Von Miller gritó.

—Pero, ¿qué demonios? Aproximación máxima a Tierra, ¡dímelo ya!

—Tranquilo. Ciento trece mil kilómetros. Es casi la mitad que ayer, lo cual me parece casi inverosímil, pero la probabilidad de impacto es aún ridícula. Supongo que llamaremos inmediatamente a Madrid para activar el protocolo de comprobaciones, ¿no?

—¡Por supuesto! Esto es muy extraño. Sólo se me ocurre que 67P haya recibido el impacto de algo que no hemos detectado. Y que ese «algo» le ha dado un empujoncito hacia nosotros. Voy a llamar ahora mismo.

—Claro.

Hans von Miller sacó su teléfono móvil y pulsó el número de Octavio Villaplana, el controlador jefe de la estación de Robledo de Chavela, saltándose todos los protocolos previos. La respuesta se hizo esperar unos veinte lentos segundos.

—Hans, buenos días, ¿cómo estás?, ¿a qué debo el honor de tu llamada? —respondió Villaplana cambiando al inglés en la segunda frase.

—Déjate de bromas, que esto es serio, por favor. Según los últimos datos que habéis enviado, 67P se acercaría a la mitad de distancia, ¡a ciento trece mil!

—¿Qué?, pero ¿qué dices? Eso es imposible. Bueno, no es imposible, pero es extrañísimo.

—Cierto, así que ya estáis comprobando la veracidad de esos datos. Por favor, ¡dime que os habéis equivocado en algo!

—¡Claro, por supuesto! Dame unos minutos.

—Sí, tómate tu tiempo, pero dime algo seguro.

—Descuida. Hasta ahora —dijo Octavio justo antes de cortar la llamada, sintiendo como la adrenalina comenzaba a inundar su torrente sanguíneo.

Nada más hacerlo, Octavio Villaplana comenzó a dar voces, asustando, sin pretenderlo, a los cuatro técnicos.

—¡Atentos todos, por favor!, ¡atención!

Algunos de los controladores del centro de Robledo de Chavela, aún algo adormilados, reaccionaron con un respingo en sus sillas, dirigiendo todos sus ojos al jefe con actitud expectante.

—Vamos a ver, tenemos que comprobar urgentemente la validez de los datos enviados ayer a última hora. Todos y cada uno de ellos. Y luego contrastarlos con los nuevos de hoy. Quiero a todo el mundo en ello, ¡ya!

—Pero Octavio, dinos por favor, ¿qué pasa? —preguntó inquieto Basilio Montero.

—Algún dato enviado ayer fuerza a cambiar la trayectoria de 67P/Churyumov-Gerasimenko, y no de una forma tranquilizadora que digamos. Ahora ese maldito cometa pasaría sólo a ciento trece mil kilómetros de nosotros, lo que es una absoluta anomalía con respecto a la simulación de ayer. Así que, o ha pasado algo que realmente haya cambiado su trayectoria, o hemos cometido un error de bulto. Ojalá sea que la hayáis cagado uno o una de vosotros. Y eso es lo que tenemos que comprobar. Así que empecemos con la lectura de los últimos datos enviados. Coordenadas ecuatoriales. ¿Ascensión recta? —preguntó Villaplana sin retirar su mirada del monitor principal.

—15h 36m 17s —respondió el mismo Basilio.

—¿Declinación?

— +05o 44' 16»

—¿Velocidad?

—15,27777 kilómetros por segundo

—¿Rotación?

—2,37942 radianes por segundo —respondió Katalin Nagy

—¿Cómo? Repita Nagy, por favor.

—Si, 2,37942 radianes por segundo, Octavio.

—¡Ahí tenemos la anomalía! —exclamó Villaplana dirigiéndose rápidamente a la mesa de Katalin Nagy.

—Vamos a ver, ¿qué lectura tenemos de la rotación del último paquete de ayer? —preguntó clavando ya la mirada en el monitor de la húngara.

—Pues aquí lo tienes, 2,37942.

—Y no has cambiado la unidad, ¿verdad?, son radianes por segundo, ¿no?

—¡Por supuesto que no he cambiado la unidad, Octavio! ¿crees que estoy loca?

—¡No, mujer! Pero tenía que preguntarlo.

—Llevas razón, perdona.

En ese momento, el insecto volador, que aún permanecía en la sala de control, posado sobre el borde de una máquina dispensadora de agua, giró su diminuto cuerpo hasta quedar mirando hacia la húngara. Entonces, frotó sus dos patas delanteras, como si, antropomorfizada, se regodease de la perfección con la que, hasta el momento, se estuviese desarrollando su pérfido plan. Con un sencillo pero oportuno revoloteo, había logrado que aquella mujer alterase, involuntaria e inconscientemente, el valor de uno de los parámetros principales para calcular la trayectoria de aquel enorme bloque de hielo sucio. Y, aún peor, en caso de que aquellos humanos no descubriesen el error, los datos a obtener seguirían ofreciendo errores acumulativos. Los ojos compuestos del díptero le mostraron un perfecto mosaico que reproducía la imagen tridimensional de la estancia, y con una amplitud de trescientos sesenta grados. Los sensores químicos dirigieron su atención a la frente despoblada de Octavio Villaplana que, tras la comprobación de la corrección de los datos enviados a Darmstadt la noche anterior, comenzaba a sudar profusamente pese a lo fresco del ambiente merced al acondicionamiento del aire. Tras una breve inspección, detuvo su vuelo, posando sus seis patas articuladas muy cerca de una de las gotas de sudor que crecían en caudal sobre la epidermis del rostro del jefe de controladores.

—¡Maldita mosca! —dijo según lanzaba en vano su mano derecha hacia el alado—. Está claro que algo inesperado ha afectado seriamente a la rotación, y vamos a intentar descubrir qué ha sido. Revisad todos los datos, uno por uno. Yo voy a hablar con todas las estaciones que estén siguiendo a 67P. Y tú, Katalin, por favor, presta muchísima atención a la rotación… a ver si ves algo raro, ¡o algo más raro aún, mejor dicho!

Octavio Villaplana sacó de nuevo su teléfono móvil del bolsillo y tecleó.

—Octavio, dime —dijo Von Miller desde Alemania.

—Siento decirte que los datos son correctos. Es la rotación la que ha cambiado claramente y la que ha modificado la trayectoria. Así que nada, pondremos especial atención en ello. Por favor, tenme informado al instante de cualquier cosa.

—Claro… —dijo el alemán, cariacontecido, justo antes de cortar la llamada.

✷
✷
✷

8

DOMICILIO DE ROBERTO SUERTE, MADRID.

Esa madrugada era una entre otras, idéntica. Sin embargo, el extremo desorden en su escritorio y el abandono absoluto de su cuerpo y de su entorno habían mutado en la pulcritud y limpieza hechas escenario. Una obsesión compulsiva por dar por terminado el algoritmo de sus sueños, aquel detrás del cual llevaba años trabajando sin avances reales, ahora era objeto de un considerable aumento en cuanto a dedicación y esfuerzo, todo aquel que un ser humano podría desempeñar sin perder el juicio. O, quizás, perdiendo parte de él. El silencio de la noche no era interrumpido más que por el incesante repiqueteo de las teclas de su ordenador. Su gata Felisa dormía plácidamente tumbada sobre el fresco embaldosado. Un vaso con bloques de hielo era rellenado con agua con frecuencia. Roberto lo mantenía conscientemente alejado, ya que en dos ocasiones había estado a punto de derramar el contenido sobre el teclado, lo que podría haber arruinado sus decenas, o cientos, o miles, de horas de trabajo acumulado.

Terminaba de escribir una de las incontables líneas de código imprescindibles cuando se detuvo de una forma abrupta, como si fuese un autómata mecánico cuya rueda dentada principal se hubiese atascado, deteniendo en seco el movimiento. Aquel bloqueo coincidió en el momento exacto en que su mente fue consciente de una idea que venía gestándose desde hacía horas en su inconsciente. Fue asaltado por una chispa de brillantez que se materializó en la claridad de aquella idea que podría, de tener éxito, suponer un avance muy significativo en lo que pretendía lograr. Abandonó inmediatamente lo que tenía entre manos para girar noventa grados en su silla y encender un segundo ordenador, un portátil. Impaciente por comenzar a bosquejar aquella iluminación, golpeteó nerviosamente la mesa con sus dedos índice y corazón mientras el sistema operativo arrancaba. Una vez listo, dio un sorbo de agua y comenzó a escribir a toda velocidad. Se sorprendió a sí mismo por la rapidez de su digitación libre de errores. Se sintió como si su cerebro hubiese comenzado, repentinamente, a funcionar de una forma enormemente más eficiente. Se detuvo un momento mientras se retiraba el largo y despeinado pelo de la cara, cerró los ojos, y asintió levemente mientras vocalizaba en silencio los puntos esenciales de su argumento. Volvió a las teclas con más velocidad aún, como urgido por un deseo punzante de dejar plasmado el producto de su lúcida inspiración antes de olvidarlo o de tergiversarlo. Al cabo de unos minutos se detuvo de nuevo. Releyó y comprobó todo lo escrito conteniendo el aliento, que sólo exhalaría al quedar seguro de que no había fallos, de que la idea básica acaba de nacer y ser registrada. Sintió una satisfacción indescriptible. De algún modo esotérico, sabía previamente que esa idea rondaba en su mente, aunque no hubiese sido capaz de decir una sola palabra sobre ella. Sabía que, tarde o temprano, aquella entidad saltaría al consciente, y eso era exactamente lo que acababa de ocurrir. Dio otro sorbo de agua hasta vaciar el vaso y se dirigió rápidamente a la nevera, de la que extrajo una lata de cerveza de medio litro. Volvió a su asiento, se recostó hacia atrás, encendió un cigarro y vació media lata en su esófago a modo de celebración solitaria. Miró a Felisa, medio despierta por la agitación, y no pudo evitar auparla desde el suelo y comenzar a besarla frenéticamente, lo que le costó, de nuevo, un leve pero doloroso mordisco en la nariz. Era justo lo que habría hecho con Esperanza, pero, lógicamente, eso era absolutamente imposible. Tampoco ella le habría mordido en la nariz.

Minutos después, sumido todavía en la excitación debida a la fantasmal revelación, llegó incluso a concatenar sucesos y a agradecer la suspensión de la operación quirúrgica de aquel electricista, suspensión que conllevó que no subiese al ascensor aquella mañana que, a su juicio, había propiciado, además de su supervivencia, ese haz de luz en sus neuronas para entrever una estrategia que podría superar con creces la precisión del algoritmo que le robaba el tiempo. De algún modo, su síndrome de culpabilidad por estar vivo comenzaba a sanar definitivamente.

✳
✳
✳

9

ROBLEDO DE CHAVELA, MADRID.

A sus cuarenta y siete años de edad, Katalin Nagy había logrado siempre ocultar su grave dislexia. Ímprobos esfuerzos de concentración y corrección de errores lograron que en ninguna de las pruebas y exámenes a que fue sometida durante su formación y carrera profesional se evidenciase su innata propensión a alterar las letras en las palabras y los dígitos en los números, a confundir izquierda y derecha o a permutar conceptos antagónicos. Siempre consciente de su limitación, solía repasar exhaustivamente todos sus escritos, mensajes, informes, etc. En este caso, su motivación para chequear los datos por ella recibidos y enviados era mucho mayor de lo habitual. El hecho de que fuese precisamente la rotación del cometa el parámetro cuya inesperada variación implicaría una supuesta modificación de la trayectoria del bólido, y que fuese ella misma la principal encargada del control de dicho parámetro, le forzó a ser, si cabe, más escrupulosa aun a la hora de comprobar la corrección de los datos enviados. Abrió la pestaña del navegador donde aparecían los valores de la noche anterior. Observó el de la rotación del cometa y memorizó el número: 1,309 radianes por segundo (rad/s). Susurrando, se repitió la cifra a sí misma varias veces. Inmediatamente después, abrió la carpeta con los datos enviados a Darmstadt.

—1,390 radianes por segundo, es correcto —leyó en voz baja.

Decidió que repetiría la comprobación tres veces de idéntico modo.

—1,309 por un lado y 1,390 por otro. Correcto. 1,309 por un lado y 1,390 por otro. Correcto. 1,309 por un lado y 1,390 por otro. Correcto. Definitivamente correcto, ¿o no? —se dijo a sí misma.

Cayendo ya en lo que le pareció un comportamiento compulsivo, repitió la operación una vez más, esta vez anotando en una hoja de papel en blanco el resultado.

—Valor recibido desde la sonda: 1,309 rad/s —dijo susurrando según leía en la pantalla, justo antes de anotar el dato en el papel, 1,390 rad/s.

Con una certeza absoluta de haber anotado bien la cifra, abrió de nuevo la carpeta de los datos enviados. Levantó el papel y lo colocó sobre la pantalla de su monitor para captar de un vistazo ambos números, el recibido por la sonda y el enviado a Alemania. Intentó esta vez no mirar aquellas cifras como tales, sino como imágenes. Pretendía así evitar los estragos de su dislexia, buscando una similitud formal en las grafías que conformaban los números. Afinó su mirada y la dirigió a ambas cifras varias veces de forma alternativa.

—Es totalmente correcto, Katalin. No hay posible error —se dijo a sí misma, de nuevo, en silencio.

—Octavio, he comprobado cuatro veces la corrección de los valores de rotación. No hay error posible.

—Bien, en cuanto llegue el siguiente paquete, por favor avísame en el acto. Tenemos que comprobar que esa rotación se mantiene o sigue reduciéndose. Y quiero saberlo inmediatamente después de que lleguen esos unos y ceros, ¿de acuerdo?

—Claro, Octavio. Descuida.

—Mattias, hemos comprobado los datos de rotación cuatro

veces más —dijo Villaplana a Von Miller por teléfono—. No hay error que valga.

—Entendido. Quiero que me enviéis los datos recibidos según os lleguen. No quiero perder ni un segundo. En caso de que la desviación crezca, tendremos que informar a las altas esferas. Dios quiera que esto no vaya a más.

—Que lo quiera dios o quien sea. Estoy bastante asustado, Mattias. Y aún seguimos sin tener la menor idea de porqué ha comenzado a disminuir la rotación de forma tan drástica, ¿verdad?

—Efectivamente, no tenemos idea. He puesto a Jonas y a su equipo a hacer simulaciones. De momento, parece que no puede ser otra cosa que un impacto con algún otro objeto, por improbable que esto nos resulte.

—En fin, esperemos a los datos de hoy. Reza tú que crees en un ser supremo. Yo voy a tragarme un ansiolítico por si acaso.

—Deberías creer tú también.

—No puedo, sencillamente no puedo —dijo Villaplana justo antes de colgar.

*
*
*

10

JET PROPULSION LABORATORY, NASA, LA CAÑADA FLINTRIDGE, LOS ÁNGELES (ESTADOS UNIDOS DE AMÉRICA)

Cerca de cinco meses habían transcurrido desde el inicio de los acontecimientos, tiempo suficiente para que los errores acumulativos de la velocidad angular del cometa 67P/Churyumov-Gerasimenko generasen una desviación considerable, bastante para asumir que existía una probabilidad nada despreciable de que el colosal bloque de hielo y roca entrase finalmente en una trayectoria de impacto con la Tierra, con consecuencias desastrosas a nivel continental, incluso global. Esa probabilidad había crecido paulatinamente durante esos cinco meses, pasando de un reconfortante 0 a un alarmante 73 %, estimación que fue asimilada a una certeza total a efectos prácticos de emergencia, protocolos de evacuación, e incluso de planificación de estrategias para destruir o desviar el bólido. En ese momento, a falta, según las estimaciones más precisas, de ciento siete días para el posible impacto, la noticia no había sido comunicada a ningún gobierno salvo, lógicamente, al de los Estados Unidos de América y a los de los países europeos integrantes de la ESA. Era el momento de hacerlo, especialmente a aquel, o aquellos, en cuyos territorios se estimaba más probable que se produjese el impacto. Uno de ellos no era otro que la República Popular China, concretamente en torno a una ciudad, Manzhouli, situada extremadamente cerca de la frontera con Rusia, tan cerca que estaba en la misma frontera, rozando también la esquina oriental de Mongolia. La comunicación era labor indelegable del presidente de la nación y lo haría por vía telefónica a través de una línea directa. Un nutrido grupo de científicos y asesores llevaba días trabajando en el contenido del comunicado y en las posibles respuestas de los gobiernos chino y ruso, así como en las posibles consecuencias. Había llegado el momento de hacer las llamadas y el presidente prefirió no establecerlas en solitario, por lo que convocó a sus asesores y a los portavoces de los equipos científicos en el despacho oval. Un monitor colocado sobre su mesa mostraba al presidente los datos esenciales a compartir, escritos en un lenguaje no demasiado técnico y, por tanto, comprensible por los mandatarios chino y ruso, y para él mismo. Un sistema informático de traducción simultánea haría entendible el mensaje a ambos.

—Bien, damas y caballeros, estamos a punto de llevar a cabo el comunicado más comprometido y delicado desde los tiempos de la Guerra Fría. Antes de levantar este teléfono, quisiera saber si tienen ustedes alguna información adicional hasta ahora no contemplada o algún comentario de relevancia. Es ahora el momento —dijo el presidente con cierto aire solemne.

—Si me permite, señor presidente, le diré que hemos estado valorando cuál será, con mayor probabilidad, la respuesta y la actitud de los gobiernos ruso y chino. Consideramos que es probable que se nos reproche un retraso en la comunicación, por lo que deberíamos anticipar una respuesta convincente y, a la vez, conciliadora —expuso la asesora para asuntos internacionales Taliyah Jones—. Recomendaría insistir en que la comunicación se ha producido al tener certeza de la existencia de una remota posibilidad de impacto.

—Tenemos que admitir que vamos a informarles barajando una probabilidad bastante más que remota… —replicó el presidente.

—Cierto, señor presidente. Sin embargo, como bien sabe, ese ascenso en la probabilidad ha sido repentino y abrupto al recibir la NASA los nuevos paquetes de datos de Europa. Siendo realistas, no podríamos haberles avisado más de una semana atrás —dijo Norman Salgado, asesor científico.

—Es cierto. Gracias Norman —respondió el presidente mostrando cierto alivio.

—Señor presidente —intervino de nuevo Taliyah—, no conocemos el punto hasta el que nuestro territorio se vería afectado por el hipotético evento, pero, para evitar una escalada hostil, considero preventivo el ofrecimiento de ayuda logística y humanitaria a China y Rusia en caso de impacto.

—¿Realmente podríamos proporcionar esa ayuda?, ¿podemos comprometernos a ello? —cuestionó el presidente.

—Depende de cómo pudiéramos vernos afectados, aunque las simulaciones del impacto indican que éste tendría consecuencias globales, por lo que estimo muy complicado, por no decir imposible, que pudiéramos proporcionarles asistencia, al menos en los primeros momentos. Se trata, en esencia, de una mera maniobra diplomática, en el entendido de que, si no nos viésemos demasiado afectados, podríamos proporcionar cierta ayuda.

—Bien, vamos allá —concluyó el presidente con resignación.

El mandatario levantó finalmente el teléfono y tecleó las claves encriptadas. Tras unos minutos de espera, el presidente chino estaba al otro lado. Pese a la gravedad del pronóstico comunicado, la conversación fluyó de forma especialmente cordial, lo que contrastaría enormemente con las actitudes tomadas días después por el gobierno oriental. Algo relativamente similar resultaría de la comunicación con el presidente ruso, si bien, en posteriores comunicados y llamadas, y tal y como presagiaron miembros del gabinete del presidente norteamericano, ambos países euroasiáticos coincidieron en exponer un reproche mayúsculo hacia el gobierno de Estados Unidos de América por no haber sido avisados con mayor antelación. La respuesta firme de la Casa Blanca se mantuvo en el argumento de que sólo se decidió realizar la comunicación en el momento en que se hubieran reunido las pruebas científicas suficientes para poder determinar una probabilidad no despreciable de impacto.

Los siguientes días quedaron marcados por un incesante tráfico de acusaciones, excusas, exigencias y amenazas. Se decidió que sendos equipos, chino y ruso, serían recibidos en el centro de control de operaciones de la NASA para conocer de primera mano las estimaciones sobre la trayectoria del cometa, así como la fecha y lugar aproximados del hipotético impacto. Este encuentro se produciría en el más absoluto secreto cuatro días después. Las reacciones de chinos y rusos fueron lo bastante amenazantes para que, tras una semana, a las 11:09 de la mañana del martes 13 de noviembre, la Junta de Jefes del Estado Mayor y los comandantes de las Fuerzas Armadas acordaran establecer el nivel de defensa en DEFCON 4.

Justo en ese momento, 6.084 kilómetros al este, Katalin Nagy abría, tan tranquila, su termo con té y leche caliente.

*

*

*

11

MADRID, 2022

Esa mañana, Roberto Suerte se despertó mucho antes de lo previsto. Miró la hora en su teléfono móvil y vio, casi aterrado, que eran las 6:07. El etanol de las numerosas latas de cerveza, consumidas hacía poco más de cinco horas atrás, logró inhibir la secreción, por parte de su hipotálamo, de buena parte de la vasopresina habitual. Por esa razón, sintió una muy acuciante necesidad de beber agua. Pasó primero al servicio para vaciar su vejiga repleta de líquido para, inmediatamente después, beber más de medio litro de agua fría del refrigerador. Satisfechas relativamente aquellas necesidades básicas, preparó un café y unas tostadas. Puso comida a Felisa y se sentó, de nuevo, frente al ordenador. Fue sólo en ese momento cuando vino a su mente el recuerdo de que la noche anterior había dado forma, finalmente, a aquella idea que le brotó como un geiser mental. Ahora sólo tenía que comprobar que todo era correcto y, de ser así, hacer las pertinentes simulaciones y asegurarse de que los resultados eran sensiblemente mejores que los obtenidos hasta entonces. Tragó el café sin paladearlo, como si fuese un vomitivo, y engulló las tostadas con un mero interés nutricional, absolutamente volcado en su tarea, solo interrumpida por las necesidades básicas de Felisa.

Cinco horas largas tuvieron que pasar para que le quedase

certeza de que todo aquello realmente funcionaba. El refinamiento de su nuevo algoritmo le resultó propio de un genio, lo que le hizo sonreír y gesticular pleno de autocomplacencia. Llegó incluso a aplaudirse a sí mismo y a darse la enhorabuena en viva voz. Era el momento ansiado. En unos minutos llamaría a su contacto en la Agencia Europea del Espacio para concretar una cita lo antes posible y poner en práctica su ingenio virtual con datos reales. Su contacto no era otro que Octavio Villaplana.

—Complejo de Comunicaciones de Espacio Profundo, dígame— dijo una voz femenina.

—Por favor, quería hablar con Octavio Villaplana, ¿puede pasarme con él?

—No sé si podrá atenderle ahora, ¿quién le llama?

—Soy Roberto Suerte, desarrollador de Inteligencia Artificial. Tengo que hablar con él urgentemente.

—Bien, señor Suerte. Voy a pasarle con su despacho, pero no sé si estará allí ahora.

—Gracias. No cuelgue después, por favor.

La señal telefónica terminó por exasperar a Roberto tras cerca de siete minutos de espera. Cortó la llamada algo crispado y volvió a llamar.

—Complejo de Comunicaciones de Espacio Profundo, dígame.

—Por favor, acabo de llamar preguntando por el señor Villaplana. Me ha pasado con él, pero como si nada ¿Podría intentar localizarle? Es urgente, créame.

—Bien, no se preocupe. Voy a llamarle a su número móvil ¿cuál me dijo que era su nombre?

—Suerte, Roberto Suerte. Él ya me conoce. Dígale que me llame al móvil, por favor. Ahora le mando a usted un correo con mis datos, por si no los tiene a mano.

—De acuerdo, ¿alguna cosa más?

—No, sólo insístale en que es urgente, por favor. Muchas gracias.

—Muy bien, adiós entonces.

—Adiós.

La secretaria se levantó de su asiento, salió del despacho y caminó por los pasillos en busca del jefe de operaciones. Tras varios minutos deambulando por salas, terminó preguntando por él, nota manuscrita en mano.

—Está en la sala de control —intervino Geli que acababa de salir de allí y había escuchado las preguntas de la secretaria.

—¡Ah, muchas gracias!

—Me temo que tienen mucho lío ahora. Se les ve a todos muy alterados… —añadió Geli fregona en mano.

—Vaya, haré lo que pueda para que me atienda.

La secretaria bajó con cierta rapidez las escaleras que conducían a la planta baja donde se hallaba aquella enorme sala llena de ordenadores y monitores. Abrió las puertas y detectó inmediatamente su objetivo, que aspavientaba nerviosamente ante el enorme monitor principal durante una acalorada charla con uno de los controladores. Se acercó tímidamente a él y aguardó a que le viera y se dirigiese a ella.

—Teresa, ¿qué pasa?, ¿qué quieres? —preguntó él con tono crispado.

—Disculpa, Octavio. Te ha llamado Roberto Suerte, desarrollador de inteligencia artificial.

—¡Bueno, lo que faltaba! Dile que ya le llamaré más adelante —respondió airado Villaplana.

—Perdona, me ha insistido muchísimo en que es muy urgente.

—¡Ahora no puedo, Teresa! ¿No ves que estamos a tope con algo muy gordo? —gritó.

—De acuerdo, de acuerdo. Sólo te transmitía lo que me ha dicho.

—Perdona… es que ahora es imposible. No me pases a nadie de momento. Ni al mismo presidente del gobierno que llamase, fíjate.

—Bien, descuida —dijo Teresa según daba media vuelta y comenzaba a desandar el camino.

Cuando llegó a su mesa, llamó a aquel número sabiendo con seguridad que ese tal Roberto insistiría.

—¿Sí?

—Roberto Suerte, ¿verdad?

—Sí, sí, dígame, ¿ha podido localizarle?

—Sí, pero está muy ocupado ahora mismo y no puede atenderle, lo siento.

—Pero, ¿le ha dejado el recado?, ¿le ha dicho que es muy urgente?

—Sí, pero están él y todo el equipo centrados en algo muy importante. Le prometo que en cuanto pueda le vuelvo a insistir, ¿de acuerdo?

—Mire, no puedo esperar. Voy ahora mismo para allá. Dígale de mi parte a Octavio que no me iré hasta que me atienda.

—Oiga, pero espere, que… —dijo Teresa Miñambres antes de que Roberto cortase la llamada abruptamente.

El informático estaba como poseído, o poseído realmente. Todo su afán era exponer su logro a aquel hombre. Sin embargo, no eran motivos económicos ni laborales los que le movían, ni siquiera el de darse importancia para enaltecer su ego. Lo que a Roberto Suerte le impulsaba a urgir aquella entrevista no era otra cosa que el insoportable deseo de dar sentido a su casual supervivencia, como si aquello hubiese sido una especie de designio divino y que su permanencia entre los vivos obedeciese a poderosas razones aún por descubrir. Se dio una ducha y se vistió de cualquier manera para, veintitrés minutos después, estar arrancando su coche poniendo rumbo a Robledo de Chavela. Condujo a trompicones, acelerando y frenando de una forma compulsiva, llevándose bocinazos e insultos de toda índole. Cerca de cuarenta minutos después, su coche irrumpía violentamente en el aparcamiento del complejo. Desconocía el horario de trabajo de Villaplana, pero supuso que, si tan atareado estaba, no sería extraño que se quedase allí hasta más tarde. Llegó corriendo hasta el control de acceso y, casi literalmente, abordó al guardia de seguridad.

—Por favor, necesito hablar con don Octavio Villaplana. Es urgente.

—¿Tiene usted cita con él? —preguntó flemático el empleado.

—Eh… no, la verdad es que no. Pero insisto, es importante.

—Lo siento. Si no tiene cita, no puedo dejarle pasar.

—Bueno, le esperaré aquí mismo, tarde lo que tarde. Eso no me lo puede usted impedir, ¿verdad?

—No, no puedo.

—De todos modos, ¿podría por favor dar aviso de que estoy aquí y que es urgente que me atienda?

—Espere un momento.

El agente de seguridad sacó un intercomunicador inalámbrico del su cinturón y pulsó un botón.

—Dime, Blas —se escuchó.

—Hay una persona aquí que dice necesitar hablar urgentemente con Octavio Villaplana. No tiene intención de irse hasta no hablar con él. Dame instrucciones —dijo el tal Blas.

—¿Cómo se llama?, ¿qué quiere?

—Roberto Suerte, ingeniero informático. Tengo una noticia importante para Octavio —interrumpió él acercando su boca al aparato del guardia para ser oído con claridad.

—Vamos a ver, aguarde ahí. Voy a intentar hablar con él. Blas, no le dejes entrar por ahora —dijo la voz.

Roberto se retiró unos metros de la entrada y encendió un

cigarro, consciente de que, si lograba entrar, no sería sin esperar un largo rato. La jefa de seguridad hizo un par de llamadas internas, tras lo cual se comunicó de nuevo con el agente que permanecía en la puerta del complejo.

—Blas, no le dejes entrar.

—Oído. Caballero, no puede entrar definitivamente.

—Bien, aguardaré aquí.

—Como usted quiera.

Cerca de tres horas permanecería Roberto esperando, sentado en un murete y dando paseos nerviosos. Fue tras ese interminable lapso que Octavio Villaplana salió por la puerta principal, mirando a ambos lados, consciente de que aquel incordio de hombre andaría por allí al acecho. No anduvo más de diez metros en dirección a su coche cuando Roberto, tras dar varias zancadas, le abordó por detrás.

—¡Octavio!, ¡Octavio, por favor!, ¡espera!

—Roberto, no sé qué coño querrás, pero te aseguro que has elegido el peor día del año para que te atienda. Haz el favor de volver a casa y ya te llamaré —dijo el jefe de operaciones sin siquiera mirarle a la cara y retirándose la férrea presa que aquel había hecho en su antebrazo.

—¡Tienes que escucharme! Tengo algo muy grande que te va a interesar seguro. Y por favor, ¿puedes decirme qué pasa?, ¿qué es lo que os tiene a todos tan preocupados?

—No puedo decirte nada y lo sabes.

—Te diré algo. No sé qué demonios ocurre, pero es posible que sea yo la persona a quién antes debieras escuchar —dijo Roberto de forma relajada, cambiando totalmente de actitud.

—¡Ah!, ¿sí? ¿Y qué te hace pensar eso? —dijo Villaplana según abría la puerta de su coche.

—Lo tengo. He logrado reducir el margen de error a menos de 0,3 sigmas —dijo Roberto con cierta solemnidad, consciente de que estaba soltando una bomba.

En ese momento, la actitud del director del complejo cambió radicalmente. Cerró con calma la puerta del coche y miró a la cara por primera vez al ingeniero. Admitió para sí mismo su obstinación al encenderse en su crispada cabeza una débil luz.

—¿Hablas en serio?

—¿Tú qué crees? He venido corriendo desde Madrid y llevo esperando tres horas a que salgas, ¿tiene pinta de ser una broma?

Octavio Villaplana se quedó en silencio un largo rato mientras miraba intensamente a aquel hombre. Después habló.

—Te pido disculpas. Acompáñame dentro, ¿quieres?

—Quiero. Pero invítame a un café y a algo de comer para compensar —respondió sonriendo.

Los dos hombres entraron de nuevo en el blanco edificio. Un gesto de Villaplana bastó para que el agente de seguridad se retirase haciéndoles paso, a la vez que encajaba la mirada afilada de Roberto. En completo y tenso silencio bajaron hasta la sala de control, dónde ya se acomodaban los trabajadores del turno de tarde.

—Te voy a contar qué ocurre, pero antes quiero que me respondas a este trabalenguas: ¿qué margen de error tiene la expectativa de mejora de tu algoritmo para calcular márgenes de error?

—Muy pequeño. Estoy seguro de ello —respondió Roberto ante la mirada desafiante de su interlocutor.

—Está bien. Tenemos algo grave, Roberto. Muy grave.

—¿Qué pasa?

—Sabes, lógicamente, que estamos haciendo el seguimiento de la aproximación del 67P/Churyumov-Gerasimenko, ¿verdad?

—Sí, claro, ¿qué ocurre? —preguntó Roberto sin disimular su inquietud.

—Estamos enviando datos preocupantes a Darmstadt. El cometa parece estar cambiando ligeramente de trayectoria.

—No me digas… ¿se acerca a una trayectoria de colisión? —preguntó Roberto alarmado.

—Lamentablemente, sí. Tenemos que refinar los datos y hacer múltiples nuevas simulaciones, pero me temo que estamos en peligro ¿Entiendes ahora que no tuviera tiempo para otra cosa?

—Sí, ¡pero precisamente tengo lo que necesitas!

—Lo que necesito es que esto sea una pesadilla y despertar mañana sabiendo que así ha sido. Y que todo esto no sea más que la consecuencia de un error humano —dijo Octavio casi suspirando, sin creer apenas en esa posibilidad.

En ese momento, la misma mosca que provocó la aparatosa caída ciclista del anestesista Tristán Requejo —caída que impidió su imprescindible participación en la operación de cadera del electricista Tarsicio Uría, circunstancia que posibilitó que este fuese a hacer una reparación de cableado aquella tarde al domicilio de Roberto Suerte, quien por ello salvó su vida al no perecer en el accidente de ascensor en el cual murió su mujer; esa misma mosca que, con su insidioso revoloteo generó que Katalin Nagy pulsara accidental e inconscientemente su teclado para cambiar la unidad de los valores de la velocidad angular del cometa 67P/Churyumov-Gerasimenko, hecho que provocó un error acumulativo en la interpretación de los datos de su trayectoria, acercando esta a una colisión fatal con el planeta—, esa misma mosca se posó, casi aleatoriamente, sobre la poblada ceja derecha de Octavio Villaplana quién, visiblemente nervioso y alterado, lanzó un manotazo al aire para espantarla; manotazo errado que impactó con sus gafas, que volaron varios metros hasta caer sobre el teclado del ordenador de la controladora húngara, impactando con la suficiente fuerza sobre el tabulador y volviendo a situar el modo de ajuste de la unidad de velocidad angular en la configuración original, la correcta. Nagy observó la escena y, metódica, comprobó que aquella eventualidad no hubiera alterado nada. Chequeó, entre otras muchas cosas, que esa unidad de registro de la velocidad angular no había sido modificada. Todo estaba en orden. En ese momento, la fatalidad provocó que esa misma mosca volviese a revolotear frente a la cara de Katalin, lo que hizo que ella se echase hacia atrás y agitase su mano frente a los ojos, lo que tuvo como consecuencia que el pesado anillo que acababa de retirarse de su dedo anular, cayese fortuitamente sobre, precisamente, la misma tecla, volviendo a cambiar la unidad de velocidad angular, mostrando el programa los datos erróneos de nuevo, pero creyendo la húngara que la unidad, recién comprobada, era absolutamente correcta, lo que le reafirmó en su errónea creencia de que los datos que envió, y que seguía enviando y enviaría, eran absolutamente válidos. Instantes después, la mosca, posada entonces sobre uno de los muchos monitores de la sala, frotó de nuevo sus extremidades delanteras, como si imitase a un pérfido ser humano obsesionado con el propósito de generar caos y se congratulase ante el éxito de sus artimañas.

A la mañana siguiente, el insecto salió de las instalaciones coincidiendo con el lapso durante el cual Geli mantenía abiertas las ventanas de la sala de control para su ventilación. Cayó la noche cuando el minúsculo alado reposaba ahora sobre una hoja de abedul, cerca de las aguas empantanadas e insalubres de un riachuelo que vierte sus aguas al río Cofio, a su vez afluente del Alberche, que a su vez vierte al Tajo. Hacía escasamente dos horas había depositado cuatrocientos noventa y tres huevos en varios grupos de, aproximadamente, setenta y cinco de ellos, semejante cada huevo a un diminuto grano de arroz. Había elegido una bosta de vaca reciente para desovar, con el fin de que las larvas tuviesen alimento en abundancia tras eclosionar los huevos. El cometido de aquella mosca en su vida había concluido. Ya nada le daba sentido a su existencia, por lo que su instinto de supervivencia se había desplomado y se limitaba a poco más que vegetar. Y así, la implacable naturaleza siguió su ritmo; en una décima de segundo, la viscosa lengua protráctil de un sapo común (*Bufo bufo*) impactó velozmente sobre ella, reteniéndole con su pegajosa secreción, para, instantes después, retraerse y alojarla en la enorme boca del batracio, que comenzó a digerirla casi en el acto.

*

*

*

12

ROBLEDO DE CHAVELA / MOSCÚ

Una de las moscas que aquella calurosa noche surgió de la eclosión de uno de los 493 huevos que depositó su madre horas antes de ser engullida por un sapo común, permanecía inmóvil sobre el lomo de una vaca de pelaje color pardo que pastaba plácidamente en las cercanías del hotel «Los cinco enebros», en Robledo de Chavela. Mientras, la prestigiosa diplomática norteamericana Deborah Richman llegaba a dicho hotel acompañada por un exiguo séquito y personal de seguridad. La estancia de una noche, comunicada a la dirección del hotel en el más estricto secreto, fue registrada con nombre falso. Además de la seguridad personal de Richman, un dispositivo policial vigilaría el perímetro con drones y cámaras ubicuas. La hoja de ruta de la diplomática y de su séquito de científicos se iniciaría con una entrevista con Octavio Villaplana en el Complejo de Comunicaciones de Espacio Profundo. El objetivo era conocer de primera mano aquellos datos recopilados por la estación, aquellos datos que mostraban la súbita alteración de la trayectoria del cometa que estaban poniendo en jaque a las más altas esferas de poder de medio mundo. El hotel había anulado toda reserva previa para alojar exclusivamente a la comitiva diplomática. Deborah Richman se alojó en la mejor habitación. El jefe de seguridad enviaba constantes partes, anunciando la ausencia de incidencias. Pese a que se le había advertido de lo contrario, Richman abrió una de las ventanas de su suite y contempló el paisaje. Desde allí pudo ver, en lontananza, la antena principal del radiotelescopio, aquel que, hoy actualizado, fue empleado en 1969 para el seguimiento de la nave Apolo XI en su épico viaje tripulado a la Luna. Después abrió su pequeña maleta, sacó de ella algunas de sus pertenencias y se dispuso a darse una ducha. Aquella insignificante violación del protocolo de seguridad fue aprovechada por la joven mosca para, minutos después, adentrarse en la habitación a través de la venta abierta por Richman. Esta salió del servicio envuelta en vapor y toallas, además de un gorro para evitar mojar su pelo rubio y arruinar el peinado que llevaba para la ocasión. Cerró la ventana, dejando al minúsculo insecto en el interior de la estancia.

Algo más de dos horas después, la comitiva compuesta por cinco automóviles hacía su entrada en el parking del complejo. Los equipos de seguridad norteamericanos y españoles, acompañados por miembros de la policía secreta, se encargaron de la entrada de la diplomática y de su llegada hasta la sala de control, donde esperaba inquieto Octavio Villaplana, acompañado de su grupo de controladores y de una comisión de astrónomos. Tras unos saludos protocolarios, se iniciaron las conversaciones en lengua inglesa, al término de las cuales nada nuevo pudo concluirse. Debido a una serie de circunstancias casi inverosímiles y tras dos largas horas de escrupulosas comprobaciones, los datos obtenidos en el complejo y enviados a Alemania aparecieron como perfectamente válidos y correctos, lo que no hizo sino exacerbar los niveles de inquietud y ansiedad de los presentes.

Poco después, la delegación americana volvería al hotel para partir hacia un aeropuerto de las fuerzas armadas que la llevaría a Moscú. Antes de ello, Deborah Richman recogió sus enseres y cerró su maleta sin ser consciente en absoluto de que el pequeño insecto alado quedaba en su interior, atraído por el olor de su bolsa de maquillaje.

*
*
*

13

MOSCÚ

Siete horas más tarde, el avión aterrizaba en un aeropuerto militar cercano a la capital rusa. Entre extremas medidas de seguridad, la delegación USA fue conducida al hotel Mirros, junto a la Plaza Roja. La cumbre, programada para el día siguiente a las 11:00 de la mañana, reuniría a altos funcionarios y militares de los gobiernos ruso y chino, además de, obviamente, la delegación de Estados Unidos de América.

Deborah Richman, afectada visiblemente por el *jet lag*, ingresó mareada en la suite que se le adjudicó. Antes que cualquier otra cosa, dejó su pequeña impedimenta en el suelo y se tumbó boca abajo en la amplia cama con la intención de conciliar un breve sueño. Tras quince minutos de duermevela, se dispuso a establecer comunicación con el pentágono mediante los canales encriptados establecidos. Antes de ello, abrió su maleta para extraer de ella su ordenador portátil, dejando aquella abierta sobre la colcha de la cama. Mientras tecleaba plenamente concentrada, la mosca, que había sobrevivido al largo viaje, salió de la maleta aturdida y andando pausadamente. Completamente desorientada y sin levantar el vuelo, caminó hasta el suelo y luego hasta una de las paredes, para refugiarse finalmente tras una cortina.

Una hora más tarde, en el Kremlin, las autoridades rusas

aguardaban a las delegaciones china y norteamericana. En una amplia y lujosa sala se había instalado un gran monitor conectado con la NASA donde se proyectaría una animación que reproduciría la aproximación del cometa a la Tierra, basada en los datos más recientes. Richman y su séquito llegaron rodeados de secreto y seguridad hasta la gran sala. Tras los consabidos saludos de protocolo, mediados por tres traductores jurados, se iniciaron las conversaciones, precedidas por la reproducción de la simulación de la trayectoria del 67P/Churyumov-Gerasimenko. Tanto chinos como rusos quedaron consternados al comprobar que, definitivamente, aquel demonio interplanetario tenía previsto impactar contra la Tierra en noventa y cuatro días, en los alrededores de Manzhouli, y que la estimación de probabilidad de choque llegaba ya al 81%. En un momento de especial tensión, Nicolai Serenkov, del Servicio Federal de Seguridad de la Federación de Rusia o FSB, organización sucesora del Comité para la Seguridad del Estado o KGB, increpó de forma agria a Deborah Richman, quien, con una amplia sonrisa, presentó una justificación informada de los acontecimientos que no terminó de convencer al ruso. Mientras, los chinos, liderados por el general Yao Xue, aguardaron flemáticamente, observando y escuchando. Fue cuando Richman terminó de exponer sus alegaciones finales, el momento en que el militar chino lanzó sus grandes amenazas y exigencias a USA y sus aliados. Concretamente, estos deberán prestar toda su ayuda incondicional en la misión que tendría como objetivo destruir o desviar el cometa antes de su impacto, sin que se generen consecuencias colaterales graves de su destrucción. En caso de no lograrse el objetivo, el compromiso sería el de prestar toda la ayuda posible para la recuperación del país. De no colaborar en la misión de destrucción o desvío ni de prestar la ayuda solicitada, el gobierno chino, en colaboración con el ruso y el indio, iniciarían una serie de hostilidades bélicas sin especificar.

Resignada a las contundentes reacciones que ya preveía, Richman volvió al hotel, dispuesta a comunicar de inmediato el resultado de la cumbre. Sin esperar un minuto y tras quitarse sus incómodos zapatos de tacón, encendió de nuevo su ordenador portátil y estableció comunicación vía videoconferencia con el pentágono. Al poco tiempo de comenzar aquella transmisión del resultado de las conversaciones con chinos y rusos, la mosca, ya en pleno estado operativo, se posó en el borde del vaso de agua que Deborah había colocado junto al ordenador. Fue en el momento en que la diplomática vio aquello cuando entró en pánico. Con una expresión facial que translucía terror, se levantó atropelladamente de su sillón y logró llegar hasta la ventana para abrirla con la intención de que el insecto abandonase la habitación. Mientras, sus interlocutores del pentágono asistían perplejos a los acontecimientos que veían en su monitor, dando voces de alarma y activando protocolos de forma inmediata. Richman, en estado de histeria, tropezó con un pliegue de la historiada alfombra de la habitación, cayendo con suma torpeza y golpeándose en la cabeza con la trasera de la cama, quedando profundamente inconsciente. Tres minutos después, el jefe de seguridad de su séquito y dos hombres armados entraron violentamente en la estancia, comprobando inmediatamente que la diplomática yacía inconsciente en el suelo y que la ventana estaba completamente abierta, informando de ello inmediatamente. La hipótesis de partida para explicar aquello era obvia; alguien vinculado al gobierno ruso había penetrado en la habitación por la ventana, golpeando a Richman y apoderándose, posiblemente, de archivos clasificados procedentes de su ordenador.

Horas después, el pentágono, en reunión de emergencia, elevaría la condición de defensa a DEFCON 3.

Mientras, a 7.822 kilómetros, en Washington D.C., Candice

Burrows, psicóloga, decidió repasar el historial de una de sus pacientes para preparar la sesión de terapia programada con ella para la semana siguiente. Abrió la carpeta de su ordenador con el nombre de Deborah Richman y leyó sus propias anotaciones: «Fobia aguda causada por trauma infantil o juvenil por determinar, acompañada de acusada claustrofobia. Muy probable entomofobia visible en sus reacciones ante la presentación de imágenes de insectos. Cuadro severo que puede requerir medicación. Próxima sesión, 4 de octubre».

*

14

ROBLEDO DE CHAVELA, MADRID.

La prueba piloto de la inteligencia artificial creada por Roberto Suerte estaba a punto de iniciarse. Dada la urgencia provocada por los acontecimientos, sólo requirió un par de días la aprobación por parte del consejo directivo del permiso para dicha prueba, que consistiría en el análisis sucesivo de datos sobre un evento ya acaecido, del cual, lógicamente, se conocía perfectamente su desenlace. Se alimentaría al algoritmo con paquetes de datos iniciales para, paulatinamente, dejarle aprender y proseguir con la introducción de nueva información. El objetivo principal era el de comparar el nuevo ingenio con los precedentes y evaluar la posible mejoría lograda en la predicción de resultados. Lo que Roberto pretendía probar era que la nueva inteligencia artificial ofrecería conclusiones con menor margen de error y partiendo con menos información disponible, lo que, indudablemente, se traduciría en una importante ganancia de tiempo y de certeza, lo que redundaría en la evitación de errores graves e, incluso, de desastres.

Para la prueba se eligió un evento pasado potencialmente catastrófico, pero no ocurrido en Tierra sino en Júpiter. No fue otro que el impacto de los fragmentos del cometa Shoemaker-Levy, originalmente este de unos cinco kilómetros de diámetro, que horadaron la superficie joviana entre los días 16 y 22 de julio de 1994 a una velocidad de, aproximadamente, sesenta kilómetros por segundo. El entonces joven telescopio espacial Hubble ayudó a concluir la seguridad total de que los numerosos fragmentos del cometa impactarían contra las nubes de Júpiter, pero la inteligencia artificial de Roberto Suerte fue alimentada exclusivamente con los datos disponibles escasos días después de que Carolyn y Eugene Shoemaker y David Levy hallaran, casualmente, el primer indicio de la presencia de aquel cometa en una fotografía por ellos tomada con el observatorio Palomar, en California.

El reto de la inteligencia diseñada por Roberto era, por tanto, predecir la trayectoria de los fragmentos de aquel cometa con un margen de error exiguo, que superara significativamente el éxito de los ingenios empleados hasta el momento. La expectación se hizo máxima cuando el monitor estaba a punto de mostrar los resultados. Roberto Suerte y Octavio Villaplana permanecían de pie ante el inmenso monitor de la sala de control, encabezando una aglomeración de técnicos y directivos que aguardaban el dictamen del software con inquietud y cierto escepticismo. Con los mismos datos, el algoritmo que se venía usando hasta ese momento, ofrecía una probabilidad de impacto del Shoemaker-Levy de un 71 %, y tardó algo más de tres horas en mostrar su veredicto. El de Roberto llevaba tan sólo veintitrés minutos trabajando cuando una señal acústica anunció la inminencia del resultado. Una no contenida ovación general en forma de murmullo creciente reverberó en la amplia sala cuando el programa mostró lo siguiente: «Probabilidad de impacto: 98,2 %».

En ese momento, Octavio Villaplana tomó una decisión irrevocable; la inteligencia artificial creada por Roberto Suerte sería instalada de inmediato con el objeto de analizar los primeros paquetes de datos obtenidos en sus instalaciones. Aquello podría resultar de gran ayuda para saber qué demonios estaba ocurriendo con aquel enorme bloque de hielo y roca, o quizás, con los datos recibidos o, incluso, con los controladores y sus potenciales errores humanos. Pero no imaginaría nunca el poder de aquel instrumento hasta comprobar que podía, también, determinar la probabilidad de se hubiese dado un hecho capaz de trastocar las lecturas de los datos.

—Roberto, tengo que pedirte disculpas una vez más, y agradecerte la insistencia. Esto que has creado es impresionante y, sinceramente, podría salvarme el pellejo. Y no sólo el mío, claro.

—Bueno, tengo que admitir que no lo hice por ti ni por mejorar el funcionamiento de los sistemas de seguimiento, sino por razones muy personales.

—Me dan lo mismo ahora tus razones. El caso es que tu contribución puede ser clave. No sé si ese maldito cometa impactará o no en medio de China y Rusia —espero que no—, pero lo que no puedo permitir es que se nos acuse de haber hecho un mal pronóstico y que se desate un conflicto internacional grave por ello. Vamos, por favor, sin perder un minuto más, a someter a análisis los datos del Churyumov-Gerasimenko.

—¡Vamos a ello!

*

*

*

15

MADRID. TRES DÍAS DESPUÉS DEL ACCIDENTE DE TRISTÁN REQUEJO.

Katalin Nagy terminó de hacer sus ejercicios para la dislexia. El terapeuta le había recomendado prácticas de lectoescritura diarias para mejorar su comprensión lectora. Entre ellos, le encomendó leer un fragmento de un cuento tradicional que desconocía para después hacer un resumen y mostrar hasta qué punto lo había comprendido. Después, debía leer el mismo cuento narrado con sutiles diferencias para tratar después de reconocerlas. Otros muchos ejercicios estaban encaminados a mejorar su capacidad de escaneo visual, su memoria de trabajo y su velocidad de procesamiento. Aquellas tareas le resultaban horriblemente tediosas e infructuosas, ya que estaba convencida de que su problema se limitaba, exclusivamente, a la comisión constante de un tipo de error concreto, que no era otro que el de alterar el orden de letras y dígitos. Su terapeuta le acababa de recomendar, en un mensaje de texto, a una colega especializada en la corrección de este tipo deficiencias. Cuando la húngara se dispuso a registrar aquel número en su dispositivo hizo un sobreesfuerzo para no alterar el orden de aquellos nueve dígitos. Repitió la tarea hasta el aburrimiento, hasta que, de una vez por todas, introdujo los datos en la agenda del teléfono. Albergó Nagy la absoluta certeza de haberlo hecho de manera correcta. No quiso dejarlo pasar más tiempo y pulsó las teclas necesarias para llamar a la terapeuta, de nombre Lorena Rozado.

—Sí, dígame —dijo una voz masculina sin conocer la identidad de quien llamaba.

—Buenas tardes, quisiera hablar con la terapeuta…

—Ah, no. Se ha equivocado —respondió el hombre justo antes de dirigir su dedo a la pantalla para cortar la llamada.

—¡Espere, por favor!

—Sí, sí. Dígame.

—Vera, quizás no me haya explicado bien. Quería hablar con Lorena Rozado —aclaró Katalin.

—No, de verdad. No conozco a nadie con ese nombre. De verdad que creo que se ha equivocado o le han dado mal el número de esa persona —razonó el hombre.

—¡Ah! Siento entonces haberle molestado.

—Nada, no se preocupe. Adiós.

—Adiós.

Katalin Nagy refunfuñó y dio un sonoro golpe en la mesa. Estaba claro que se había equivocado al registrar aquel número. Armándose de paciencia, rehízo toda la maniobra hasta encontrar el error. Efectivamente, había alterado el orden de dos de los dígitos. Borró el contacto de Lorena Rozado y la agregó de nuevo, esta vez con el número correcto. Con una sonrisa que admitía su error, volvió a pulsar la pantalla.

—Sí, dígame —dijo, de nuevo, una voz masculina.

—¡Ay!

—¿Cómo dice?

—Ay, ¡que creo que me he vuelto a equivocar!

—¿Es usted la de antes? Sí, me temo que se ha vuelto a equivocar.

—Pero, ¡vamos a ver! Lo he comprobado veinte veces ¿De verdad no conoce a Lorena Rozado?

—No, de verdad. Le doy mi palabra. Siento decirle que

se ha vuelto a equivocar. Pero espere un momento; su voz me resulta muy conocida —dijo el hombre tras reconocer aquel acento centroeuropeo.

—El caso es que a mí me pasa lo mismo. Juraría conocer su voz —respondió ella.

—Vamos a ver, ¿cómo se llama usted? —preguntó él intrigado.

—Katalin, ¿y usted?

—¿Katalin? Creo que conozco a alguien con ese nombre, pero no caigo en quien es.

—Dígame su nombre, a ver si yo le ubico… —pidió ella.

—Tristán, Tristán Requejo.

—¡No me lo puedo creer! ¿Eres Tristán, del grupo de teatro?

—¡Sí! ¡Y ya caigo en quién eres! La mujer húngara que está interpretando a la esclava en la obra, ¿verdad?

—¡Sí! ¡Esa misma!

—Pues resulta que tenemos ensayo estar tarde, ¿vas a ir?

—¡Claro!

—Pues allí nos vemos entonces.

—¡Qué casualidad! Vale, hasta luego Tristán.

—¡Hasta luego!

La controladora húngara no pudo evitar reír al cortar la llamada. Se rió de sí misma, dando una vez más por sentado que su problema no tenía ni atisbo de solución. Habría apostado su vida a que había registrado bien aquel número, pero, evidentemente, no fue así. Olvidó por completo la idea de llamar a aquella terapeuta y comenzó a arreglarse para ir al taller de teatro. Sentía cierta atracción por aquel tipo de voz grave, bajito, pero atlético. Precisamente ese día, la directora de la obra que representaban había tenido un accidente casero que le impedía acudir al local, yendo directamente a urgencias de su hospital. Al menos eso es lo que le dijeron a Katalin al llegar allí. Contrariada, decidió esperar a Tristán en la calle, quien no tardó en aparecer.

—¡Hola! —dijo él con una amplia sonrisa—. Qué enorme casualidad, ¿verdad?

—¡Desde luego! Verás, es que padezco algo de dislexia y, muy a menudo, altero el orden de las letras y de los números. Y es lo que me ha pasado contigo, ¡dos veces seguidas!

—¡No te preocupes! —respondió el riendo.

—Pues mira, resulta que Ofelia no puede venir hoy. Me han dicho que ha tenido un accidente en casa y que se ha tenido que ir a urgencias.

—¡No me digas!, ¿es grave?

—No lo sé. Creo que ha sido la cosa más tonta. Al intentar espantar una mosca, parece ser que se ha dado con algo en un ojo. En fin, ya nos contará.

—¿Una mosca? Pues ahora te cuento…

—En fin, ¿te apetece tomar algo en ese bar ya que hemos venido?

—Venga, muy bien.

Entraron en el establecimiento y pidieron un par de vinos. Katalin se percató de la leve cojera que exhibía Tristán.

—Verás, como te estaba diciendo, resulta que yo tuve el otro día un accidente bastante serio en bicicleta, ¿ves? —dijo Tristán según remangaba su camisa y le mostraba varias heridas cubiertas con apósitos.

—¡Qué terrible!, ¿te hiciste algo grave?

—No, no muy grave, pero además de estar lleno de magulladuras y heridas, me di un golpe muy fuerte en el costado que me dejó sin respiración. Y bueno, la rodilla izquierda me duele aún al andar.

—Ya, ya me he fijado en que cojeas…

—El caso es que, en relación con el percance de Ofelia, resulta que mi accidente fue causado por una mosca también.

Se me metió en el ojo en plena bajada y me hizo perder el control. Por un momento pensé de verdad que me iba a matar cayendo a esa velocidad.

—¡Uf! Pues pudo haber sido más grave, ¿no llevabas unas gafas?

—¡Sí! Pero se me olvidó ponérmelas al parar para beber agua. Un error imperdonable.

—Menos mal que estás aquí para contarlo —comentó ella sonriendo—. El caso es que yo también tuve un problemilla en el trabajo por culpa de una mosca, fíjate.

—No me digas, ¿qué pasó?

—Nada grave. Se posó en mi termo con té y al querer espantarla le di un manotazo a una cesta con bolígrafos y cayeron todos sobre el teclado de mi ordenador. No sé qué hice para evitarlo, pero fue un desastre, todo tirado por el suelo. Afortunadamente, el termo no llegó a caer.

—Es que pierde uno el control de lo que hace cuando se ponen tan pesadas. Vuelven y vuelven a su objetivo, aunque les vaya la vida en ello.

—Ya ves…

—Oye, ¿en qué trabajas?

—Soy ingeniera de sistemas. Trabajo en el Complejo de Comunicaciones del Espacio Profundo, en Robledo de Chavela. Ya te imaginas, controlo los datos de naves espaciales que llegan al radiotelescopio de la estación. No sólo yo, claro. Somos muchos en varios turnos.

—Ah, ¡eso es interesantísimo! Aunque imagino que trabajas con mucha responsabilidad. Un error humano podría desencadenar una catástrofe.

—Sí, así es. Además, fíjate, yo, con mi dislexia, tengo que comprobarlo todo veinte veces…

En ese momento, ambos cayeron en que, horas antes, ella había errado dos veces consecutivas al realizar una tarea trivial como la de registrar un número de teléfono. Se produjo un silencio cargado de cierta tensión, durante el cual un pensamiento aterrador pasó por la cabeza de la húngara. Sacudió su cabeza intentando expulsar aquella idea y reanudó la conversación.

—¿Y tú?, ¿en qué trabajas?

—Soy anestesista en el Clínico. Precisamente el día del accidente tenía programada, por la tarde, una operación de cadera. Lógicamente, no pude ir. Ni siquiera pude avisar de lo ocurrido porque mi teléfono quedó hecho una pena. En fin, un desastre que me podría haber costado el puesto.

—Desde luego, qué fatalidad —comentó Katalin—. Y dime, ¿dónde te ocurrió el accidente?

—Fue bajando el puerto de Abantos, al lado de El Escorial.

—Ah. Dicen que es una subida muy dura.

—Sí, sí que lo es. Pues fíjate, está relativamente cerca de Robledo, donde tú trabajas —comentó él.

—Sí ¿Imaginas que tu accidente en bicicleta y el desastre que monté yo en el trabajo hayan sido por culpa de la misma mosca? —preguntó ella bromeando.

—¡Ja, ja, ja! Eso sí que sería una coincidencia descomunal, con los miles de millones de moscas que pululan por ahí. Vamos, ¡para escribir una novela!

*
*
*

16

ESPACIO EXTERIOR

Los diez mil millones de toneladas de masa del cometa 67P/Churyumov-Gerasimenko continúan su errático viaje a cincuenta y cinco mil kilómetros por hora, rotando sobre sí mismas cada poco más de doce horas. El objeto, de cuatro kilómetros de diámetro máximo, está compuesto por dos lóbulos unidos por un estrecho y agrietado puente que amenaza con deshacerse provocando la escisión del cometa. Su superficie rocosa y polvorienta, a −68 °C, oculta un interior de hielo de agua, de monóxido y dióxido de carbono, de amonio, de metano y de metanol, cuyos gases sublimados y eyectados conforman una enorme estela blanca que surca la negrura interplanetaria.

Para un ser humano que, por alguna esotérica razón, pudiera sobrevivir en su superficie, el espectáculo sería, literalmente, onírico. Tendría la percepción de estar en un pequeño pedazo del planeta, absolutamente inhóspito, con abruptos picos y profundos valles de hielo, alfombrados por una fina capa de polvo y guijarros. Vería la gris superficie iluminada tenuemente por la luz solar, contrastando con la negrura absoluta de la noche eterna de su cielo. Se sentiría liviano como la espuma, tanto que, si diera un salto como un masai danzante, escaparía de la débil gravedad del micromundo sin poder regresar y perdiéndose para siempre en el vacío interplanetario. Ese mismo sería su destino si, aproximándose al sol, una eyección de gas recién sublimado por el calor, lo impulsase lo suficiente alejándolo de la superficie. Vería el sol de un modo único, sólo reservado a los astronautas en la Luna o en misiones fuera de la atmósfera terrestre, es decir, brillando en la oscuridad perenne. Libre su visión del obstáculo de las nubes, contemplaría también Júpiter, Saturno, Tierra, Marte y Venus. No escucharía absolutamente nada y, eventualmente, percibiría un levísimo olor semejante al de la naftalina, al del incienso, o al de la almendra.

El cometa, hipotéticamente portador de absolutamente primitivas y primordiales formas de vida, se acerca, una vez más, a un pequeño planeta rocoso, completamente ajeno a que, sobre este, unos seres complejos, curiosos y temerosos, observan su viaje errante y prevén su trayectoria desde que, en 1969, una pareja de rusos, Svetlana Gerasimenko y Klim Churyumov lo descubriera en el Instituto Astrofísico de Fesenkov en Kazajistán, casi por casualidad en una perfecta serendipia. Esos seres han calculado las consecuencias que tendría en su planeta el hecho de que el cometa, con una forma similar a la del típico pato de goma que algunas personas tienen junto a su bañera, impactase sobre terreno sólido. Si esto ocurriese, su energía potencial antes de la entrada en la atmósfera terrestre sería de $1,04 \times 10^7$ megatones o, lo que es lo mismo, la de quinientos millones de bombas como las que destruyeron las ciudades de Hiroshima y Nagasaki. Inicialmente, antes de rellenarse con el material expulsado, crearía un cráter con un diámetro de cuarenta y cinco kilómetros, es decir, la distancia entre, por ejemplo, Madrid y Robledo de Chavela, y una profundidad de doce y medio kilómetros, algo más que el abismo Challenger en la fosa de las Marianas. Las consecuencias para la vida en la Tierra serían devastadoras, muriendo decenas, cientos o miles de millones de personas por causas directas e indirectas.

Sin embargo, aquellos seres observadores pueden estar provisionalmente tranquilos dado que confían plenamente en sus cálculos, que estiman —o estimaban antes de que una mosca molestase a la húngara Katalin Nagy— el mayor acercamiento del bloque de hielo sucio en doscientos cincuenta mil kilómetros, casi tan lejos como la Luna.

Algunos de esos seres temerosos en el planeta observador decidieron, décadas atrás, intentar protegerse de ese peligro potencial. Tras saber, o tener casi certeza total, que otros impactos colosales habían causado catástrofes planetarias que supusieron una absoluta deriva de la evolución de la vida, conllevando extinciones masivas y abriendo nuevas vías a otros linajes, varios sistemas de vigilancia intensiva de posibles amenazas fueron desarrollados, así como ideas de variada índole para evitar impactos destructivos. Todas esas ideas podían agruparse en dos tipos; por un lado, las encaminadas a destruir aquellos proyectiles cósmicos mediante armamento nuclear y, por otro, las dirigidas a desviar o modificar ligeramente su trayectoria para alejarlas de su itinerario de impacto mediante la detonación de misiles cerca de ellos o, literalmente, haciendo chocar contra ellos pequeñas naves espaciales. No obstante, esos seres precavidos sabían que, tarde o temprano, alguna bomba cósmica terminaría alcanzando el planeta, pero, desde luego, no sería 67P/Churyumov-Gerasimenko. Al menos no en esta ocasión de aproximación a Tierra.

Sin embargo, jamás nadie conoció ni conocerá la autoría del hecho aparentemente insignificante que, tras una inconcebiblemente improbable sucesión de eventos causales, estuvo a punto de generar una hecatombe entre aquellos seres vigilantes, una hecatombe que se habría producido mientras 67P/Churyumov-Gerasimenko se alejaba mansamente del planeta para proseguir su caótico carrusel alrededor del sol.

Ambos se concentraron una vez más y, casi sin parpadear, analizaron los dos minutos restantes de la secuencia. Vieron a dos agentes tender a la diplomática en la cama y como, acto seguido, uno de ellos hablaba por su interfono. También como, segundos después, el otro agente se acercaba al ordenador.

—¡Para ahí! —dijo Wilkins una décima de segundo antes de que Spitzer pulsara el tabulador para accionar la pausa.

—¿Qué pasa?, ¿qué has visto?

—¿Qué es eso que aparece en primer plano, totalmente desenfocado?

—No lo sé, parecen como unos pelos finos, pero ¿qué importancia tiene eso? Será algo de pelusa.

—Retrocede un segundo y vuelve a activarlo —pidió Wilkins.

Cuando Spitzer hizo aquello, pudieron verse, durante apenas medio segundo, un par de filamentos negros moverse en paralelo, si bien aparecían borrosos y fuera de enfoque.

—No, no es pelusa. Juraría que son las patas de una mosca —opinó Wilkins.

—Sí, creo que llevas razón. Se posaría ahí y saldría volando al ver al agente acercarse para cerrar el portátil —concedió Spitzer.

—En fin, seguimos como estamos ¿Qué demonios vería esta mujer para sentir ese pavor y no recordar nada?

CONSULTA DE LA PSICÓLOGA CANDICE BURROWS, WASHINGTON D.C.

Deborah Richman llegó a su domicilio en un barrio residencial. Desde que salió del Pentágono, su mente venía trabajando en la sombra para intentar recordar que pudo ser aquello que tanto le asustó y que le hizo interrumpir la conversación con los investigadores. En un momento determinado, aquellos pensamientos inaprehensibles saltaron a su consciente, lo que supuso que intentase denodadamente traer a su memoria aquel inexplicable suceso. Sin embargo, siguió en su absoluta ignorancia y no fue capaz de recomponer la secuencia de eventos. Frustrada, preparó algo de comer, para después sentarse y encender el televisor hasta que llegase la hora de partir hacia la consulta con su psicóloga, Candice Burrows. Era ese día precisamente el programado para ser objeto, a cargo de la terapeuta, de su primera sesión de hipnoterapia, lo que le hacía estar algo tensa, dado que albergaba cierto temor a las consecuencias de entrar en ese estado de hipnosis, para ella completamente desconocido.

Llegó diez minutos antes de la hora prevista a la consulta, lo que, sumado a otros quince que la psicóloga le hizo esperar, supuso un lapso durante el cual ella optó por cerrar los ojos y dejar que su mente viajase de forma completamente libre. Durante ese tiempo, se visualizó escapando de una araña gigantesca de color rojizo que le perseguía por una plantación de maíz. Fue consciente de que las yemas de sus dedos comenzaron a emitir diminutas gotas de sudor, lo mismo que su frente, y de que su pulso cardíaco se aceleró sensiblemente. Aquella ensoñación se vio abruptamente interrumpida por el sonido de la puerta de la sala de espera, cuando Candice la abrió repentinamente para anunciarle que podía entrar en su sala inmediatamente.

—Hola Deborah, buenas tardes. Siéntate, o si lo prefieres, túmbate en el diván —dijo Burrows con una amplia sonrisa.

—Gracias, creo que elegiré el diván; llevo un día bastante ajetreado y me siento bastante confusa hoy.

—Háblame de la razón por la que te sientes confusa, ¿qué te hace sentir así?

—Bien. He estado hoy manteniendo una sesión de interrogatorio. Quiero decir que me han interrogado a mí. No puedo revelarte datos al respecto, pero me he sentido terriblemente presionada y no he podido responder a las preguntas, dado que no era capaz de recordar absolutamente nada —respondió Richman mostrando frustración.

—Sí, sé que, por las características de tu trabajo, debes mantener un alto de nivel de confidencialidad, así que no voy a preguntarte más al respecto. Sólo me interesa conocer tus sentimientos en ese momento —comentó Burrows tratando de resultar honesta y creíble.

—Bueno, esencialmente me sentía perdida y con una sensación terrible de falta de control sobre mis recuerdos y mis emociones. Era como si hubiese olvidado algo realmente importante, como si mi mente hubiera decidido, por alguna razón que desconozco, borrar ese recuerdo. He podido incluso verme a mí misma en la grabación de una videoconferencia. En ella, en un momento determinado, me siento aterrorizada y salgo corriendo. Parece ser que después me caí, me golpeé en la cabeza y, cuando me recogieron, era incapaz de recordar porque había tenido aquella reacción.

—Bueno, Deborah, ya hemos delimitado en sesiones previas cuál es el objeto de tus fobias. Sabemos que tu mente cosifica esos miedos en forma de insectos ¿Crees que pudiste ver algún insecto que pudiera haberte generado esa reacción aparentemente imprevisible?

En ese momento Richman quedó en completo silencio, mirando fijamente a la psicóloga como si un tímido recuerdo empezase a tomar forma. Trago saliva, balbuceo, titubeó y, finalmente, fue capaz de hablar de nuevo.

—Es, es, es, es posible. Puede que viera algo en el vaso de agua que tenía junto al ordenador. No lo niego, pero no lo recuerdo, no puedo asegurarlo.

—Está bien, Deborah, no te preocupes, ya lo investigaremos más adelante. Ahora, si te parece bien, vamos a empezar con la sesión. Relájate, ponte lo más cómoda posible y quítate los zapatos si lo deseas. Yo, mientras, voy a cerrar las ventanas, voy a apagar la luz, y voy a poner una música especialmente bella y relajante, ¿de acuerdo?

—Sí, sí, claro, lo que tú digas, Candice.

—Bien, voy a dejar la habitación en completa oscuridad, y tú concéntrate en la música. Siente como tu cuerpo se entrega a ella y como cada nota se mete en tu cabeza con la intención de relajarte y hacerte dormir —dijo Candice con una voz sensual, grave, pausada y cálida.

Deborah se limitó a asentir con la cabeza mientras trataba de cumplir las instrucciones recién recibidas. Pasados entre cinco y diez minutos, la psicóloga abandonó la sala tratando de no hacer el más mínimo ruido. Su intención era volver pasados otros veinte y, si su paciente seguía en ese estado, proceder a hacerle preguntas y guiarle, para después despertarle de forma estudiada y meticulosa. Así fue. Burrows entró en absoluto silencio en la habitación y se acercó lentamente a su paciente. Después comenzó a hablarle en un tono muy bajo, casi susurrado. Tras una serie de indicaciones a las que Deborah parecía reaccionar con leves asentimientos, la terapeuta comenzó a hacerle preguntas concretas.

—¿Sobre qué has sido interrogada esta mañana?, ¿hay algo que te preocupe especialmente? —cuestionó la psicóloga traicionando su palabra.

Deborah asintió de nuevo y de forma más notoria.

—¿Crees que esa inquietud, esa ansiedad, tiene que ver con tus fobias?, ¿hay insectos de por medio?

Deborah negó con la cabeza.

—Entonces, Deborah, ¿qué ocurre?, ¿qué te tiene así?

—Es, es, es ese cometa, ese maldito cometa.

—¿Un cometa, dices?, ¿qué cometa? —preguntó con creciente interés.

—Es ese puto 67P y todo lo que está generando. Es terrible lo que ocurre con ese cometa.

—¿Qué es lo que pasa con ese cometa, Deborah? Cuéntamelo.

—Será dentro de dos meses y puede ser una terrible catástrofe y yo estoy en medio de todo esto tratando de que no se desencadene una tercera guerra mundial.

En ese momento, plena de asombro, la terapeuta dejó de hablar, levantó sus cejas, y decidió seguir indagando en una nueva dirección.

—¿Qué puede ocurrir con ese cometa, Deborah?, ¿es posible que impacte contra el planeta? —preguntó la psicóloga claramente inquieta.

—Es casi seguro, y lo hará entre Rusia y China —respondió Richman mostrando claros síntomas de agitación interior, con bruscos vaivenes de su cabeza y leves convulsiones.

Fue en ese instante cuando Candice Burrows tomó una

decisión inquebrantable sobre una acción que llevaría a cabo sin más dilación y que sería parte de un plan ideado en el acto y que podría reportarle una jugosa cantidad, aunque aquello supusiese pisotear en el barro su deontología profesional.

*

*

*

paso seguro desde el principio.

Candice le miró con actitud desafiante justo antes de abrir una carpeta de la que extrajo una hoja de papel cuyo contenido no dejaba lugar a dudas.

—De acuerdo. Soy toda oídos. Empiece desde el principio.

—Bien. Deborah Richman asiste a mi consulta desde hace algo más de cuatro meses. Saltándome el acuerdo confidencialidad entre terapeuta y paciente —confío en que no divulgue lo que voy a decirle ahora mismo—, ella sufre un trastorno de ansiedad por una serie de fobias que ella materializa en los insectos. Para entendernos, digamos que su cuadro es de entomofobia.

—Le sigo. Descuide. Ese dato, de momento, me parece irrelevante. Continúe, por favor.

—Esta misma tarde he comenzado con ella una terapia de hipnosis. Y ha sido durante la misma cuando ha comenzado a responder a mis preguntas concretas. Sin yo pretenderlo, me ha hablado de algo que, con toda seguridad, es información altamente clasificada y que sólo revelaría en ese estado.

—Perdone la interrupción ¿Qué le hace pensar que aquello que le dijese es real y no producto de delirios o paranoias?

—No puedo tener seguridad al respecto. Diría que es real dado el estado de agitación que mostró al narrarlo. En cualquier caso, aunque habláramos del cincuenta por ciento de probabilidades de verosimilitud y teniendo en cuenta su alto perfil, creo que merece la pena tener en cuenta sus afirmaciones e investigarlas, ¿no le parece?

—Sí. Lleva razón. Bien, repita por favor el contenido de esas afirmaciones y no omita el menor detalle, ¿de acuerdo?, ¿tiene inconveniente en que le grabe? —preguntó Sullivan mientras sacaba de su bolso una pequeña grabadora de sonido.

—Sí, lo tengo. No quiero que me grabe. Tome todas las notas que quiera, pero prefiero no dejar constancia de mi identidad —sentenció Burrows.

—De acuerdo, como quiera —respondió Sullivan con un atisbo de sonrisa al ver su estratagema resultar exitosa, llevando su mano inconscientemente al micrófono oculto que portaba bajo su camisa.

—En resumen, es lo siguiente. Un cometa de grandes dimensiones habría cambiado levemente su trayectoria para entrar en otra que le llevaría a un impacto con el planeta, dentro de un par de meses y concretamente entre Rusia y China. Esto habría generado una serie de agrias hostilidades diplomáticas entre estos y nuestro gobierno.

Ramona se llevó las manos a la frente y echó su pelo rizado hacia atrás en clara señal de nerviosismo incipiente.

—Investigaremos todo esto, no le quepa duda ¿Llegó Richman a mencionar el nombre de ese cometa? —preguntó justo antes de que la psicóloga sacase su bloc para revisar las notas que tomó durante la sesión.

—Sí… bueno, sencillamente se refirió a él como 67P. Supongo que tendrá un nombre más largo, pero eso es lo que dijo.

Pese a estar grabando la conversación de forma furtiva, la periodista anotó aquello para no levantar sospechas y en previsión de que la grabación fallase o de que aquello fuese inaudible.

—¿Cómo reaccionó ella al salir de la hipnosis?

—Estaba completamente aturdida. Estoy convencida de que no recuerda ni recordará haber dicho aquello.

—¿Algo más?, ¿dijo alguna otra cosa?

—Sólo que acababa de ser interrogada en el Pentágono para intentar esclarecer algo. No llegó a decir qué. No puedo decirle más, sinceramente.

—Bien, le estoy muy agradecida, Candice.

—¿Solamente agradecida? Como comprenderá, si van a

contar con la primicia de algo tan enorme, espero que sepan «agradecérmelo» —matizó la psicóloga gesticulando con los dedos.

—Sí, pero, como comprenderá, sólo en caso de que la información que me ha facilitado sea veraz.

—¿Qué ha de ser veraz?, ¿que Richman dijo aquello o que el cometa realmente impacte?

—Me conformo con que sea veraz que ella dijese aquello, siempre y cuando no fuese un delirio. Si un cometa impacta, quizás no tenga sentido siquiera esta conversación, ¿no cree?, ¿grabó la conversación con ella?

—Sí, pero no quiero entregarle la cinta. Puedo permitir que la escuche, eso sí.

—Se lo agradecería. Además, si quiere su recompensa, mucho me temo que tendrá que demostrarme que tal conversación terapéutica se produjo —dijo Sullivan mirando fijamente a los ojos de Burrows, sabiendo que acababa de obligarle a dejarle escuchar la grabación— ¿La tiene aquí?

—Sí —respondió de forma lacónica mientras sacaba de su chaqueta una grabadora digital conectada a unos auriculares.

—¿Me permite?

La psicóloga no contestó, pero acercó el instrumento a las manos de la redactora. Esta la asió de inmediato y se colocó los pequeños altavoces en las orejas.

—No hace falta que rebobine, está ya lista para comenzar en el momento en que empieza a hablar del asunto —informó Candice.

Entonces, la periodista realizó una suerte de ejercicio de prestidigitación. Sin dejar de hablar y, señalando algo, distrajo la atención de la psicóloga hacia una ventana. En un instante logró arrancar el micrófono inalámbrico que ocultaba prendido en el pelo de su nuca para sujetarlo en su mano. Después llevó ambas manos a sus orejas fingiendo cubrirlas con ellas para aislarse del ruido exterior y escuchar con más claridad. Con una de sus uñas, logró desprender de su oído uno de los altavoces de los auriculares de tal modo que este quedase junto al micrófono oculto. Su traicionera intención no era otra que la de intentar grabar aquel fragmento de conversación. Al concluir la reproducción, volvió a emplear la misma uña para insertar de nuevo el altavoz del auricular en su oído. Mantendría el pequeño micrófono en su mano hasta el final de la reunión. Daba ya lo mismo grabar el resto de la charla, ya que el objetivo estaba conseguido.

—De acuerdo, Candice. Investigaremos esta información y, a menos que nos haya intentado estafar, le facilitaremos veinte mil dólares.

—Habrán de ser cincuenta mil, a menos que prefiera arriesgarse a que la grabación en vídeo de esta conversación acabe en manos de desaprensivos —respondió ella seriamente mientras mostraba una microcámara oculta en el broche de su camisa.

*

*

*

BASE MILITAR DE FORT HOOD, TEXAS, ESTADOS UNIDOS DE AMÉRICA.

La Administración Nacional del Espacio de China (CNSA) había trabajado contra reloj en un ferviente ajetreo de cientos de empleados y técnicos que, en combinación con el ejército, acababan de preparar el AKI, o impactador cinético ensamblado, un módulo que permitía conseguir que cada cohete 3B lograse una mayor capacidad de impulso, velocidad e impacto, incrementando, además, la masa total del misil. El AKI era la clave del programa Long March, resultando en una especie de híbrido entre la misión DART, de la NASA, y HERA, de la Agencia Espacial Europea (ESA). Lo que antes era un proyecto a medio plazo se había convertido en una misión de extremada urgencia, dado que aquel cometa no esperaría ni un segundo y no tenía la menor intención de modificar su trayectoria voluntariamente. La idea de los chinos era impactar varios cohetes sobre él para desviarlo lo suficiente y así alejarlo de la trayectoria de colisión. Por su parte, los rusos se habían encargado del plan C, para ejecutarlo si el B fallase. Su estrategia era la de intentar aniquilar el cometa con múltiples barrenos literalmente repletos de explosivo nuclear. Eran conscientes de que aquello, en caso de lograr su objetivo, no sería una panacea, dado que los incontables fragmentos del cometa impactarían igualmente en el planeta con consecuencias, en teoría, igualmente aterradoras. Por supuesto, la NASA y el gobierno de Estados Unidos de América había desarrollado también su plan, el plan A. Con el exitoso antecedente de la misión DART, contaban con experiencia en el desvío de objetos celestes, si bien, en este caso, el bólido era exponencialmente mayor en volumen y masa que Dymorphos, aquel pequeño cuerpo que lograron desviar experimentalmente. El plan era, por tanto, similar al chino, es decir, desviar a 67P. Serían los norteamericanos, además, los primeros en lanzar sus cohetes. Si estos erraban o no lograban cambiar la trayectoria lo suficiente, serían los cohetes chinos 3B los que lo intentaren. En caso de nuevo fracaso, los barrenos rusos tratarían de reducir a escombros de hielo a 67P/Churyumov-Gerasimenko. De ser este el caso, el espectáculo sería perfectamente observable a simple vista y constituiría, probablemente, un espectáculo impresionante.

Aquella misma noche estaba previsto el lanzamiento de cuarenta y ocho misiles de nueve metros desde la base militar de Fort Hood, cerca de Austin, Texas. El secreto era extremo. Cientos de personas se habían visto involucradas de un modo u otro en lo que podía ser la acción militar defensiva más importante y transcendental de la historia de la humanidad. El evento sería seguido en directo por los gobiernos y armadas de China, Rusia y de varios países de la Comunidad Europea. El plan, ideado y diseñado por científicos y militares durante un mes de intensísimo trabajo, consistía en el lanzamiento de los cohetes en tres tandas de dieciséis. El primer grupo de proyectiles se haría explosionar simultáneamente a una distancia aproximada de mil kilómetros del cometa, enviando datos inmediatamente antes de la detonación. Esos datos serían empleados, casi en tiempo real, para afinar aún más la balística del segundo grupo, que haría lo propio para el tercero y último. Se esperaba que la acción combinada de los misiles lograse crear una serie de ondas expansivas que lograsen empujar hacia el exterior al cometa, lo justo y necesario para desviarlo ligeramente de tal modo que, aunque muy cerca, no llegase a impactar en el planeta. El instante idóneo para el lanzamiento de los misiles estaba calculado con una precisión de milisegundos y se realizaría de forma completamente automatizada. Sólo cabía esperar a la hora programada —cuando el cometa estuviese a ciento diez mil kilómetros de la lanzadera de misiles—, y mirar al enorme panel cuya simulación mostraría, quizás con algunos minutos de retraso, el resultado de las detonaciones y el posible éxito o fracaso de la misión. Decenas de personas aguardaban inquietas ante la colosal pantalla. Entre ellas figuraba el presidente del país, acompañado de su camarilla, así como un nutrido grupo de militares de máxima graduación, personas clave del servicio de inteligencia, y un número indeterminado de técnicos, ingenieros y científicos. Se formaban y disolvían corrillos en los que se debatían una y otra vez las consecuencias del resultado, tanto si este era o no exitoso. Un hombre trajeado, alejado del monitor, parecía rezar.

Quedaban diecinueve minutos para el lanzamiento, aunque sabían que la confirmación del resultado no sería en absoluto inmediata. En caso de lograr el objetivo, Estados Unidos de América se erigiría en salvador de la humanidad, mientras que un fracaso pondría en evidencia su potencial armamentístico y sería blanco de críticas y acusaciones. Siempre quedarían las tentativas de chinos y rusos, y, pese a haber trabajado codo a codo con ellos en la planificación de la misión, el no tener que confiar en la capacidad de estos para resolver el terrible problema se había convertido en un objetivo de máxima prioridad.

Tras interminables minutos, el monitor mostró el lanzamiento de dieciséis enormes cohetes cargados de potencial de destrucción. Los proyectiles, autopropulsados y dirigidos por una inteligencia artificial, volaron en paralelo a una velocidad de cuarenta mil trescientos kilómetros por hora, saliendo de la atmósfera terrestre en cuestión de segundos. Siete minutos después, partió el segundo grupo de cohetes y finalmente, tras cinco minutos más, lo hizo el tercero.

—*Alea iacta est* —murmuró el presidente justo antes de cerrar los ojos y llevar las palmas de sus manos a la cara, cubriéndola por completo.

Un silencio que podía pesarse reinó en toda la enorme sala. Nada, absolutamente nada se podía hacer hasta que la pantalla mostrase el inicio de la llegada de los datos que mostrarían los resultados. El tiempo de espera se hizo eterno. Nadie podía estar quieto. Algunos andaban de un lado a otro sin aparente sentido, mientras otros, sentados, agitaban de arriba a abajo una de sus piernas a la vez que mordían sus uñas. El hombre trajeado sacó una pequeña biblia de pastas rojas de su bolsillo y la abrió por donde le indicaba una cinta dorada.

De repente, y anunciada por un contador de porcentaje, la visualización estaba a punto de mostrarse. Un murmullo tenso se apoderó de la gran sala. Aunque el enorme monitor permitía su visión desde cualquier punto de la misma, casi todos dieron algún paso hacia delante. El contador llegó al 100%. Tras unos segundos, una simulación tridimensional comenzó a mostrar un primer plano de 67P/Churyumov-Gerasimenko. Poco a poco, el plano se fue alejando hasta que el cometa quedaba representado por un punto brillante. En el fondo aparecía el planeta. Una línea casi recta, con una mínima curvatura, comenzó a dibujarse partiendo desde el punto brillante. Era el momento clave; esa línea mostraría la trayectoria, supuestamente modificada, del cometa. Lo haría partiendo de los datos previos, ligeramente erróneos, pero fatales. Los presentes contuvieron su respiración. Algunos incluso iniciaron un levantamiento de brazos previo, como si así forzasen a la simulación a mostrar el desenlace deseado. La línea se prolongó y se redujo el campo, mostrando una perspectiva en primera persona, como si una hipotética cámara de vídeo hubiese sido instalada en el mismo bólido. Tras unos inconsumibles segundos todo quedó meridianamente claro. La simulación mostró cómo 67P/Churyumov-Gerasimenko impactaba con violencia, exactamente en el mismo punto en que se suponía lo haría antes del lanzamiento de los cuarenta y ocho misiles, lo cual indicaba, sin el menor género de duda, que los proyectiles no habían logrado modificar un ápice la trayectoria. Exactamente lo mismo mostraría la pantalla tras la tortura que supuso la espera por los resultados de la segunda y tercera tanda de misiles. Una especie de sollozo colectivo surgió espontáneamente ante el obvio fracaso definitivo. No había un segundo que perder. Aunque el gobierno chino había presenciado la misma simulación y, por lo tanto, era conocedor de primera mano de los acontecimientos, se estableció inmediatamente comunicación para concretar el plan B, el plan chino.

*

*

*

21

TAMPA, FLORIDA, ESTADOS UNIDOS DE AMÉRICA

Robert J. Zachary cogió una cerveza de su refrigerador y, como de costumbre, se sentó en su sofá para, inmediatamente después, asir el control remoto de su televisor. Tras un breve zapping, se detuvo en el canal de noticias del New York Times International. Dio un par de sorbos y se dispuso, indolente, a escuchar aquello que dijese aquella bella locutora de piel canela. Un texto sobreimpreso en una banda azul decía: «Breaking news: Catastrophe». La locutora, con rictus serio y evidentemente comprometido, comenzó sin dilación.

—Hace tan solo dos horas, se ha producido una filtración. Según ella, existe una probabilidad preocupantemente alta del impacto de un cometa de grandes dimensiones en la superficie del planeta en los próximos meses. La comunicación, cuya fuente no podemos proporcionar, asegura que una personalidad de la alta diplomacia habría desvelado una información clasificada relativa a la posible catástrofe de consecuencias globales que podría sufrir el planeta. Esta filtración, no confirmada por institución alguna hasta el momento, situaría el lugar de impacto en algún punto entre Rusia y China. Cientos de miles o millones de personas podrían morir por causas directas o indirectas del impacto. En cuanto a las consecuencias económicas, podrían ser astronómicas. Nuestra redacción ha realizado para ustedes la siguiente animación.

En ese momento, los monitores de televisión ofrecieron una simulación del posible futuro evento que, pese a haber sido realizada con poco tiempo, sin datos, y por personas no especialmente cualificadas, no difería demasiado de aquel que se proyectase en la NASA. La redacción del programa llegó incluso más lejos, atreviéndose a especular sobre las consecuencias. El panorama que ofreció fue el de una hecatombe global, que llevaría a los humanos, y a otras muchas especies, al borde de la extinción.

Al terminar de darse esta información, Robert J. Zachary actuó con serenidad y parsimonia. Cogió el control remoto y apagó el televisor. Terminó su cerveza, se levantó del sofá y abrió un libro que tenía sobre su mesa. Lo hojeó hasta llegar a la página deseada y chequeó un dato. En su soledad, asintió con resignación y cerró el libro. Sin más, abrió una de las ventanas de su salón y puso sus pies sobre la barandilla del balcón, sujetándose a un canalón de colección de agua. Cerró los ojos y, moviendo los labios en silencio, repasó una oración. Después de aquello, se dejó caer a través de los más de veinte metros que distaban hasta el embaldosado de la acera. La decisión de Zachary no sería, ni por asomo, la única.

*

*

*

22

BASE DE LA FUERZA AÉREA DEL EJÉRCITO POPULAR DE LIBERACIÓN, CHINA.

La estrategia de lanzar misiles para desviar o destruir asteroides o cometas requería en realidad de una anticipación de, al menos, diez años. Es decir, los cohetes debían haber partido ese tiempo atrás, alcanzando al bólido de tal modo que el cambio en su rumbo se consolidase y fuese plenamente confirmado. Sin embargo, la urgencia ante el inesperado cambio de ruta de 67P/Churyumov-Gerasimenko forzó a activar estos protocolos como medida preventiva y como la única posible para evitar la descomunal catástrofe.

Se acercaba el instante de la tentativa china. Veintitrés impresionantes cohetes 3B, dotados cada uno con su impactador AKI, cada uno de ellos con un peso de 992 toneladas, aguardaban la orden para cruzar la atmósfera a velocidad supersónica y dirigirse a las proximidades de aquel cometa con olor a incienso y naftalina. El sistema de lanzamiento no estaba, teóricamente, automatizado como en el caso de la NASA, sino que se había cedido el honor de pulsar el botón de lanzamiento al presidente de la república popular. Se escenificaría, no sin cierta teatralidad, que el presidente apretase ese botón, pero, por supuesto, aquello estaba también automatizado con la misma precisión, o superior, que en el caso de los controladores americanos, con los que, al igual que con los rusos, mantenían contacto permanente desde semanas atrás.

El presidente chino oprimió el botón en el instante en el que se le indicó, aproximadamente el mismo en el que los veintitrés cohetes partirían de forma automática. Las inmensas moles produjeron un ruido estremecedor al partir. Su misión suicida tendría que desviar el rumbo de aquel perfumado bloque de hielo lo suficiente, es decir, al menos unos nueve mil kilómetros de su órbita.

La secuencia de acontecimientos fue prácticamente calcada de la que se dio horas atrás en Cabo Cañaveral, pero con una diferencia esencial. El ansiado resultado de la trayectoria de 67P/Churyumov-Gerasimenko tras el impacto de los cohetes acababa de llegar. La euforia se hizo evidente entre técnicos, científicos y militares al comprobar que, pese a la premura y la escasez de tiempo, la misión había resultado en un completo éxito. La desviación del cometa había sido de diecinueve mil quinientos kilómetros, más del doble de lo necesario para ahuyentar a aquel cósmico mensajero de muerte.

Sin embargo, lo que absolutamente ningún ser humano podría haber siquiera imaginado o vivido en la peor de sus pesadillas, fue que la trayectoria del cometa, minutos antes absolutamente inocua pese a los datos erróneos, había sido modificada de tal modo que, ahora sí, se dirigiese rumbo directo a la Tierra para generar un colosal impacto.

Justo en el momento en que los veintitrés cohetes impactaban sobre 67P/Churyumov-Gerasimenko, a cientos de miles de kilómetros de allí, Katalin Nagy se perfuma, ilusionada, para su segunda cita con Tristán Requejo.

*

*

*

23

MANZHOULI, REPÚBLICA POPULAR CHINA

Heriberto Cabezón, logroñés de nacimiento y entomólogo de profesión, investigaba el comportamiento sexual del *Aegus fukiensis*, un escarabajo similar al ciervo volante. Sólo había visto ejemplares naturalizados en colecciones, por lo que deseaba observarlos en libertad y estudiar dicha conducta, además de otros asuntos etológicos del coleóptero. Sabía que esta especie es particularmente fácil de encontrar en China y en Mongolia, por lo que, con cargo al Consejo Superior de Investigaciones Científicas, organizó un viaje a la zona. Tras barajar varias opciones, decidió desplazarse hasta Manzhouli. Hacía unos meses, alguien le había hablado de aquella ciudad y de un peculiar hotel que se le antojó conocer. Una vez allí, Cabezón llegó en taxi hasta ese hotel, de nombre Matrioska. Al bajar del vehículo y ver el edificio, quedó estupefacto; aquel hotel era una matrioska de, aproximadamente, cuarenta metros de altura, pintada con rabiosos azules, rojos y amarillos. Entendió entonces la razón por la que aquel amigo le había recomendado esa visita. Accedió al edificio con la boca entreabierta, perplejo ante la casi indescriptible y omnipresente decoración constituida, esencialmente, por otras matrioskas, esculpidas o impresas por doquier. Además, quedó epatado por los dorados ubicuos que pugnaban con historiadas lámparas y recargados muebles para conferir al espacio una semejanza con los lujos del mismísimo Kremlin. Pasillos y estancias estaban, además, decorados con reproducciones de famosísimas obras de la pintura europea. Heriberto miró hacia arriba y descubrió que aquella extraña construcción humana tenía quince plantas, separadas entre sí por bandas de neón de luminoso color azul celeste. Se alojó en una de las mil doscientas habitaciones. Seis matrioskas decoraban el cabecero de la cama, mientras que otra constituía el marco del televisor. Heriberto concluyó que prácticamente todo aquello que pudiese decorarse, se hizo con una o varias matrioskas de diferentes tamaños y colores.

Tras acomodarse y cenar en el restaurante ruso del hotel, volvió a la habitación con la idea de despertar temprano y, armado con su cámara fotográfica, su bloc de notas y sus frascos para insectos, partir hacia una zona donde, según le constaba, no era difícil hallar ejemplares de *Aegus fukiensis*. Caminó durante casi cinco horas por una zona boscosa situada a varios kilómetros de Manzhouli en busca de aquellos escarabajos, resultándole la tarea ardua y descorazonadora, ya que no halló ni uno solo. Frustrado, emprendió el camino de vuelta al hotel, realizando varias paradas para tomar fotografías o descansar. Y fue durante uno de esos descansos cuando, sentado sobre el tronco de un árbol caído, quedó paralizado ante la contemplación de un insecto atrapado en una tela de araña. Se aproximó todo lo que pudo con la cámara preparada. Activó la función macro para observarlo con toda la nitidez y detalles posibles. Perplejo y entusiasmado, supo en el acto que lo que estaba ante las lentes de su aparato era una especie de mosca no descrita, completamente desconocida para la ciencia. Sin dudarlo un instante y después de tomar multitud de imágenes, sacó un pequeño frasco de vidrio con tapón perforado de uno de los bolsillos de su chaleco y, delicadamente, colocó la boca del recipiente junto al díptero, que se retorcía fútilmente para escapar de la pegajosa trampa del arácnido. No le fue, pues, difícil atraparlo, empujándolo con el tapón y cerrando el frasquito acto seguido. Inmediatamente después, extrajo una pequeña lupa de otro bolsillo y observó a aquella mosca completamente admirado. Sorprendentemente, un inusual patrón de colores en el dorso del insecto le recordó, paradójicamente, a una matrioska alargada. Pletórico de alegría, olvidó por completo su propósito inicial y a aquellos esquivos escarabajos cornudos. Aquella mosca le permitiría publicar en alguna de las mejores revistas de entomología. Pensó incluso en el nombre que le daría, optando al final por el más obvio, *Musca cabezonensis*.

Heriberto Cabezón llegó de vuelta al estrambótico hotel, cansado y dolorido por la caminata, pero ufano y visiblemente satisfecho tras la captura de aquel ignoto espécimen. Lo primero al llegar a su habitación fue darse una ducha. Cayó en la cuenta de que el cabezal de la misma tenía, cómo no, forma de matrioska. Una vez seco y vestido, introdujo algo de alimento y unas gotas de agua en el pequeño recipiente donde tenía cautivo a aquel particular insecto. Inmediatamente después, abrió su ordenador portátil y comenzó a describirlo con todo detalle. Llegado un momento, y ante la absoluta inmovilidad del díptero tumbado boca arriba, consideró Cabezón, para su pesar, que su captura podría haber fallecido. Para comprobarlo, agitó suavemente el frasquito, sin que su presa mostrase la menor reacción. Ante ello, y casi cierto del deceso, cogió unas finas pinzas y retiró lentamente el tapón. Llevó el recipiente cerca de sus ojos e introdujo la pinza con la idea de sacar el cadáver. Sin embargo, al sentir la mosca el tacto de las mismas, pareció resucitar comenzando un aleteo frenético que conllevó su salida del frasco de vidrio. Heriberto Cabezón entró en pánico. Soltó frasco y pinzas, asió su atrapador y comenzó a seguir al insecto por toda la habitación hasta que este se posó sobre una de las tulipas con forma de matrioska de la lámpara del techo. Preso por la urgencia, Heriberto lanzó su atrapador con tan poco acierto que impactó en dicha tulipa, produciéndole una notable y visible grieta. El entomólogo riojano intentó denodadamente atraparla de nuevo, fracasando una y otra vez. Finalmente, la mosca escapó por debajo de la puerta que daba al pasillo circular de la planta. Heriberto lo persiguió sin éxito causando, además, algún desperfecto en el mobiliario. Tras ejecutar varias vueltas al pasillo, la mosca desconocida terminó por perderse en la gran bóveda que constituye el interior de la cabeza de la gigantesca matrioska. Heriberto perdió ya toda esperanza de recuperarla, si bien se congratuló de haber realizado decenas de fotografías de la mosca, tanto atrapada en la tela de araña como cautiva en su frasco. Era más que suficiente para una publicación. Resignado, inició camino hacia su habitación.

Fue justo en ese momento cuando vio que la puerta de una de las habitaciones estaba abierta. Instintivamente miró dentro de ella, captando a una anciana rusa que miraba el televisor con expresión de terror. Heriberto no pudo evitar adentrarse en ella y comprobar qué era aquello que mantenía aterrada a la mujer. Era la comunicación, vía televisión, de la terrible noticia. Una voz en ruso explicaba los pormenores, mientras se proyectaba una simulación de la trayectoria de 67P/Churyumov-Gerasimenko, dejando muy poca duda sobre el lugar estimado de impacto, precisamente en Manzhouli o en sus cercanías. Aturdido, y tras pedir disculpas a la anciana, que le hizo caso omiso, volvió a su habitación sin su mosca en la red y encendió el televisor. Sus escasos conocimientos de ruso le permitieron entender que el más que probable impacto se producirá en apenas tres semanas, después de que todas las estrategias para desviar el bólido fracasasen. Aprovechando un inoportuno corte publicitario, abrió de nuevo su ordenador portátil para buscar más información en alguna web. Tras varios minutos de intensa lectura, se hizo consciente de que el impacto tendría consecuencias tan catastróficas que no importaría el lugar donde uno se hallase, ya que moriría con casi total seguridad. Con la mente perdida en una creación mental del escenario, Heriberto Cabezón decidió quedarse en Manzhouli para presenciar el evento en primera fila, espectáculo postrer que se le antojó fascinante.

★

★

★

24

ROBLEDO DE CHAVELA

Al día siguiente de que se comprobase la sustancial mejoría, con respecto a las predicciones previas del impacto en Júpiter del cometa Shoemaker-Levy, que suponía la aplicación del algoritmo de Roberto Suerte, Octavio Villaplana se preparaba para recibir a este y, de inmediato, aplicarlo a todos los datos recibidos sobre la trayectoria de 67P/Churyumov-Gerasimenko. Aunque ajeno a los planes de desvío o destrucción del cometa de los gobiernos norteamericano, chino y ruso, se sentía enormemente urgido para tratar de dar sentido a aquel súbito cambio de trayectoria y de, si acaso fuese posible, colaborar en la ardua tarea de evitar la catástrofe. Había quedado a las 9:00 con el ingeniero informático en la sala de control del complejo, pero él llegó allí poco antes de las 8:00.

Roberto madrugó mucho para no llegar tarde a su cita. Antes de comenzar a desayunar, levantó su taza de café y, mirando a una foto de su difunta esposa que reposaba enmarcada sobre su mesa de escritorio, brindó al aire y, en voz alta, dijo:

—Esto es gracias a ti, Esperanza. Te dedico mi trabajo y, ojalá, sus consecuencias.

No pudo evitar derramar alguna lágrima mientras sentía en su paladar el calor dulce de su café con bebida de avena.

Dos horas después aparcaba su coche en el aparcamiento del complejo. Conocedor de los pormenores, el guardia de seguridad que días atrás le impidió el paso y le trató con cierto desdén, se retiró para dejarle pasar, haciendo un amago de reverencia, que fue respondida por Roberto con una amable sonrisa.

—Roberto, no hay tiempo que perder. Vamos a ello ya mismo —dijo Villaplana según iniciaba el software—. Hicimos bien dejando instalado tu algoritmo el otro día.

—Sí, vamos a ello. Por cierto, buenos días.

—Hagamos que sean buenos… —replicó, nervioso, Octavio.

En pocos minutos, la ingente masa de datos recopilados durante meses comenzaba a ser cargada en el programa.

—Esto va a tardar un rato ¿Me ofreces un café mientras?

—Claro, espera —dijo Octavio antes de hacer un gesto con la mano a uno de los asistentes recién llegados—. Bueno, cuéntame ¿Qué podemos esperar?, ¿cómo va esto?

—Verás, en un principio, el algoritmo hará una estimación de la probabilidad de que el repentino cambio en los datos se deba a algún evento cósmico no detectado, a un error de recepción de datos, a un fallo del programa o, incluso, a un error humano.

—¿Un error humano dices? Ya sería extraño, pero, cierto, no imposible.

Justo en ese momento, el software anunció que se había concluido la carga de datos y que se iniciaba el análisis.

—¿Cuánto tardará esto?

—Teniendo en cuenta el volumen de datos, diría que entre 45 y 60 minutos, pero ahora nos lo indicará… —dijo Roberto señalando al enorme monitor.

—Efectivamente, 52 minutos restantes —comentó Octavio al verlo— ¿Sabes qué pienso? No me extrañaría que, a estas alturas, haya planes concretos para intentar desviar el cometa.

—¿Y quién te dice que no se hayan ejecutado ya? Eso seguro que funciona bajo un secreto extremo.

—Es cierto, podría ser. En cualquier caso, tenemos que darnos prisa.

—Por mucho que corramos, el programa tardará lo que necesite —repuso Roberto.

—¿Qué tal?, ¿cómo vas llevando el duelo?

—De momento todo sigue su lento curso. En cualquier caso, el hecho de centrarme en esto en cuerpo y alma me está ayudando mucho. Ya veremos en qué acaba todo…

Pasarían más de treinta minutos antes de que llegara aquel asistente portando dos vasos con café con leche. Octavio miró con cierto reproche al joven por la tardanza.

—¡Bueno, ya queda muy poco! —dijo Octavio impaciente.

En ese momento, Roberto Suerte apartó a Octavio con su brazo para que le dejara espacio para acceder al teclado. En cuanto la barra llegó al 100% y desapareció, Roberto comenzó a teclear velozmente mientras mascullaba comandos e instrucciones a sí mismo.

—Está a punto de escupirnos el veredicto, no quites la vista de encima —dijo en vano Roberto, ya que el jefe de control ni siquiera parpadeaba.

La expresión de Octavio Villaplana se congeló por completo, mostrando millones de matices que evidenciaban la absoluta mezcla de emociones que cruzaba su sesera. De entre todas ellas, predominaba, sin lugar a dudas, la perplejidad.

—¿Error humano en un 93 %?, ¿pero qué disparate es este?, ¿cómo que un error humano, estando casi todo automatizado? ¡Roberto, por favor, dime que esto es otro error! —bramó Villaplana tras dejar con torpeza su café en la mesa.

—¡No, querido Octavio! ¡No hay certeza, pero sí una probabilidad muy alta de que este disparate se deba a un error humano! —dijo Roberto con euforia, ya que, obviamente, la posibilidad de que un enorme cometa impactase con el planeta no le dejaba precisamente indiferente.

—Y, ¡dime!, ¿puede ese ingenio tuyo afinar más?, ¿qué tipo de error?, ¿en qué tipo de datos?, ¿al hacer qué?, ¿cómo localizarlo?

—Sí, sí que puede. Pero tendremos que esperar otro rato. Mucho más breve, eso sí. No tomes más café, que te va a dar un chungo —respondió Roberto tratando de calmar a aquel manojo de nervios con barba.

Roberto volvió al laptop y tecleó a mayor velocidad incluso.

—En unos diez minutos tendremos más datos.

—¡La madre que me parió! ¡Me va a dar algo!

—Anda, tráeme otro café, pero tú mismo. Así te entretienes un rato. Y tú pídete una tila.

Octavio Villaplana fue incapaz de moverse de allí, sobrellevando la espera como pudo.

—Ya está casi, pon atención —dijo Roberto recibiendo una mirada indignada.

—¿Que ponga atención dices? ¡Pero si no he quitado la mirada de este puto monitor!

—¡Ahí está! ¡98,42 % de probabilidad de que el error tenga que ver con la velocidad de rotación! ¡Y no es el efecto Yarkowsky! —gritó Roberto.

—¡Su puta madre! —barritó Villaplana sin el menor recato, saliendo de él, sin el menor control, sus pensamientos primarios— ¡Eso lo lleva la húngara! Pero, ¿cómo ha podido cagarla así? ¡Es una profesional intachable!

—*Errare humanum est...* comentó relajado Roberto ante la mirada iracunda del jefe de operaciones.

En ese instante, Octavio Villaplana, tal y como si estuviese poseído por un demonio, se abalanzó sobre la mesa de Nagy y encendió su monitor. Fue directamente a la casilla que registraba la velocidad de rotación. No vería nada extraño hasta que comprobase los datos enviados. Fue entonces cuando la verdad se hizo paso, majestuosa, entrando con fanfarrias y clarines en la ya obturada mente de aquel hombre. En un momento creyó entender todo. Pero, ¿cómo era posible que aquella mujer tan concienzuda hubiese pasado por alto, repetidas veces, el cambio de unidad en los valores? El error era pequeño, pero de consecuencias tan grandes como el cometa, pero al menos ya sabía de su existencia y de su ubicación, además de sus implicaciones.

—¡Tengo que comunicarlo ahora mismo antes de que hagan nada! —aulló Octavio corriendo hacia su teléfono.

—Sí, ¡corre! —dijo Roberto.

—¡Maldita mosca de los cojones! —exclamó Villaplana cuando su carrera se vio interrumpida durante unos segundos al posarse, una vez más, el díptero aquel sobre su piel, atraído por el sudor que, ya en forma de caudalosas gotas, brotaba de su frente acalorada.

Tras perder unos treinta segundos absolutamente vitales buscando su terminal, llamó inmediatamente a Mattias Felke y, con la voz atropellada, escupió información en inglés.

—¡Mattias! ¡Todo ha sido un error, un grave error! ¡Notifica ahora mismo a quien haya que notificar que es necesario que se detenga cualquier plan de desvío o destrucción que pudiera haber! ¡Lo mismo para planes de evacuación o cualquier otra medida para reaccionar ante la catástrofe! ¡67P/Churyumov-Gerasimenko no va en trayectoria de impacto! Repito ¡67P/Churyumov-Gerasimenko no va en trayectoria de impacto!

—Pero, ¿qué dices?, ¿estás seguro?, ¿en qué te basas?

—Estoy absolutamente seguro. Los datos de la velocidad de rotación empezaron a cambiar por… por… —dijo Octavio quedándose bloqueado al final.

—¿Por qué? ¡Dime!

—¡Por un error humano, un lamentable error humano!

—¡Scheisse! —exclamó el alemán.

—¡No pierdas ni un segundo, Mattias! ¡Llama ahora mismo!

Tras una cadena de incontables eslabones en forma de llamadas telefónicas, la información llegó finalmente a las autoridades y científicos chinos. Pero lo fue a hacer segundos después de que el presidente de la nación oprimiese, ceremonialmente, el botón definitivo en la orden de disparo de aquellos 23 gigantescos cohetes 3B con impactadores AKI de casi mil toneladas rumbo al cometa 67P/Churyumov-Gerasimenko, impactadores que, lejos de evitar una previamente imposible colisión, colocarían al bólido en trayectoria segura de impacto, dejando a la humanidad con un enormemente exiguo margen de maniobra y una sentencia de muerte próxima a ejecutarse.

✳
✳
✳

25

BASE MILITAR DE SEVEROMORSK, MURMANSK, RUSIA.

El fatídico empujón que aquellos veintitrés impactantes cohetes chinos acababan de propinar al cometa habían, en efecto, desviado ligeramente su trayectoria, actuando exactamente como si la humanidad toda, en un rapto de extremo nihilismo, hubiese decidido inmolarse de forma colectiva, forzando a un enorme objeto celestial a impactar con su hogar planetario a una velocidad inimaginable, generando una muerte y destrucción jamás vistas por ser humano alguno. La incontrolada satisfacción de los gobiernos implicados ante el aparente éxito de la misión, tornaría paulatinamente en una frustración que llegaría al paroxismo cuando, horas después de la confirmación del impacto de los cohetes y, sobre todo, de la llegada de los datos reales desde Robledo de Chavela, se terminaba de recalcular la trayectoria de 67P/Churyumov-Gerasimenko. Dado el monumental error cometido, se abrieron varias líneas de investigación para detectar aquel error, o, incluso, la posibilidad de que aquello constituyese el atentado terrorista más colosal y sutil que jamás se hubiese realizado. Mientras, sin la menor solución de continuidad, se activaba el protocolo ruso, convertido ahora en la absolutamente única opción para evitar, o paliar, la catástrofe. En pocos años previos, Rusia había decidido, no sin generar polémica y desconfianza, reconvertir misiles intercontinentales propios de los tiempos de la Guerra Fría en proyectiles impactadores para la destrucción de asteroides o cometas peligrosos. Para minimizar las consecuencias de una probable lluvia de miles de escombros sobre el planeta tras la detonación, los proyectiles tendrían que haber sido lanzados mucho antes, muchísimo antes. Pero ya no había opción, salvo confiar en el acierto de la estrategia rusa y en la eventualidad de que sus fragmentos no hiciesen demasiado daño.

Un día después de los fracasos norteamericano y chino, los penetradores cinéticos hiperveloces rusos estaban a punto de ser lanzados a bordo de una pequeña nave como vehículo. Estos proyectiles, en forma de barra y con un tamaño de 1,8 a 3 metros de longitud, estaban cargados con pequeñas cabezas nucleares. En caso de éxito, el enjambre de múltiples barrenos penetraría el asteroide por múltiples puntos simultáneamente. Una vez alcanzada la profundidad adecuada, estallarían en sucesión fracturando el cometa, pulverizándolo en pedazos pequeños que no representarían un peligro para la supervivencia de la humanidad.

Como en el caso de los chinos, también sería el presidente ruso el encargado de accionar la palanca que propiciaría el lanzamiento. Así fue. La nave cargada con la batería de múltiples barrenos despegó con violencia rumbo a aquel demonio de hielo cuya aniquilación o neutralización se había convertido ya en una necesidad obsesiva. Como en los intentos anteriores, la secuencia de acontecimientos sería objeto de un seguimiento exhaustivo por parte de los gobiernos implicados y de muchos otros europeos. La simulación comenzó a ofrecer la trayectoria de la nave. Todo parecía ir perfectamente según lo previsto. En un momento concreto, se abrió el compartimento que portaba los barrenos. Un minuto después, estos salieron a gran velocidad, enviando datos de forma permanente sobre su ubicación

cámara fotográfica, se sentó plácidamente frente a su ventana, dispuesto a esperar al cometa el tiempo que fuese. Hubieron de pasar más de catorce horas hasta que el entomólogo percibiese alguna señal. Esa primera señal, consecuencia de la entrada del fragmento de 67P/Churyumov-Gerasimenko en la atmósfera, fue una súbita y brutal iluminación del cielo, como si un ser supremo hubiese encendido, repentinamente, un foco de luz blanca de un tamaño inconmensurable. Dicho alumbramiento fue seguido de un estruendo casi insoportable, un sonido reverberante que hacía pensar en que el propio planeta se estuviese resquebrajando. Menos de un minuto después y debido a la fricción con la densa atmósfera de la Tierra, ese fragmento de 67P/Churyumov-Gerasimenko, igual que los otros tres menores que le seguían, quedaba reducido a escombros definitivamente. Sólo pequeños bloques del tamaño de una sandía, amén de otras decenas de miles que desaparecieron en el aire, terminaron por impactar en la superficie del planeta.

Con aquel sonido reventándole los tímpanos, pudo ver Heriberto como su campo de visión quedada paulatinamente más y más ocupado por una creciente suerte de luz blanca de forma esférica que lo ocupaba todo. Estando al borde de una parada cardiaca, pudo escuchar un segundo estruendo, menor esta vez, justo después de ver como aquella luz se escindía en una miríada de pequeños puntos extremadamente luminosos. La onda expansiva hizo añicos todos los vidrios de la habitación que ocupaba Heriberto Cabezón, siendo él mismo expelido varios metros hacia atrás y con gran violencia, quedando inconsciente y empotrado en un armario con forma de matrioska.

Cuando todo hubo pasado, aquel ejemplar de *Musca cabezonensis* que él había capturado, sobrevoló la escena para, finalmente, posarse sobre la prominente nariz ensangrentada del entomólogo riojano.

*

*

*

27

ROBLEDO DE CHAVELA

La aplicación de inteligencia artificial diseñada por Roberto Suerte había puesto de manifiesto que un error humano había generado una situación de extrema gravedad, poniendo a la humanidad al borde de una posible extinción o de un conflicto bélico a escala global. Dicho algoritmo también pudo señalar a Katalin Nagy como la persona responsable de aquel nefasto error o cadena de errores. Ella, consciente y sabedora a priori del contenido de su inminente charla con Octavio Villaplana, comenzó a recoger sus pertenencias y a introducirlas en bolsas. Después, entre lágrimas y abrazos, se despidió de sus compañeros y compañeras.

—Ven por aquí a vernos siempre que quieras, Katalin —dijo emocionada Socorro.

—No sé si seré capaz, pero lo intentaré —respondió Nagy.

—Mira que si no vienes nos vamos a mosquear contigo de verdad, ¿eh?

A Katalin no le pasó desapercibido que su compañera empleará aquel verbo. Últimamente, las moscas parecían estar omnipresentes, tanto en los sucesos, como en su propio lugar de trabajo, como en las bromas de sus compañeras. Era algo que le tenía un tanto extrañada.

—En fin, voy a hablar con Octavio. Si queréis a la salida

tomamos algo para despedirnos de verdad.

—¡Claro! —respondió Amadeo.

Katalyn dejó sus bolsas junto a su mesa y abandonó la sala de control. Tras recorrer varios pasillos, se aproximó lentamente al despacho de Villaplana. Se retiró unas incipientes lágrimas, tomó aire y golpeo la puerta con sus nudillos un par de veces.

—Sí, adelante.

—Octavio, querías verme, ¿verdad?

—Sí, Katalin. Pasa y siéntate, por favor.

—Octavio, ya sé lo que me vas a decir, así que te lo voy a poner fácil. Entiendo perfectamente mi gravísimo error y acepto plenamente cualquier decisión que se haya tomado con respecto a mi continuidad entre vosotros —expuso resignada la húngara.

—El tema ha sido gravísimo, bien lo sabes.

—El caso es que, para serte absolutamente sincero, hay cosas que no logro entender. Cada vez que comprobaba los datos y las unidades, todo estaba correcto. Es como si, por arte de magia, esos datos hubieran cambiado en los momentos precisos para confundirme una y otra vez —dijo ella sin hacer la menor referencia a su oculta dislexia.

—Está claro que no lo comprobaste con la suficiente precisión y frecuencia, Katalin. Es algo que no puede volver a ocurrir por nada del mundo, por lo que a la junta no le ha quedado más remedio que reubicarte.

—¿Reubicarme? —preguntó ella sorprendida— Pensaba que sería un despido fulminante, la verdad.

—No. En virtud de tu larga experiencia y buena labor realizada durante muchos años, se ha decidido ofrecerte algunos puestos de mucha menor responsabilidad. Eso lo entiendes, ¿verdad?

—Sí, claro.

—Verás, en el departamento de nanotecnología y robótica necesitan un o una analista de datos ¿Te interesa?

—Sí, ¡claro! Te doy mil gracias, Octavio.

—Eso sí, no es aquí, como ya sabes.

—Lo sé, sí. Y dime, ¿sabes en qué están trabajando actualmente?, ¿cuál sería mi labor?

—Creo que están con algo de microrobots. Me parece que quieren probar unos prototipos que llaman «dipbots» o algo así.

—¿Dipbots?

—Sí, creo que estarían destinados a obtención de datos en zonas inaccesibles, y algún uso militar también. Lo de dipbot hace referencia a robots dípteros. Vamos, que se inspiran en el vuelo y visión de las moscas para su diseño.

En ese momento, Katalin Nagy quedó estupefacta. De nuevo salían a relucir aquellos insectos voladores.

—No sé qué pasa con las moscas; ¿te puedes creer que, por un momento, llegué a pensar que el error de los datos de velocidad de rotación del 67P podría haber sido causado por una mosca que me hizo tirar un cestito con bolígrafos sobre el teclado? Fíjate que idiotez —dijo ella sonriendo.

—Pues sí. Eso ocurre sólo en las películas —dijo Villaplana sin prestar mucha atención— En fin, Katalin, en unos días te escribirán para la oferta de tu nuevo trabajo. Te deseo mucho éxito en tu nueva etapa.

—Muchísimas gracias, Octavio. Eres un gran compañero.

* * *

28

MADRID

Tristán Requejo y Katalin Nagy habían congeniado gracias a aquellas fortuitas llamadas equivocadas de la húngara, en las que alteró el orden de dos dígitos. Habían quedado para cenar y celebrar que el cometa no había causado una catástrofe. Además, el no despido de Katalin fue un motivo más para ello. El anestesista ya apenas cojeaba, casi recuperado de las lesiones que le produjo aquella aparatosa y peligrosa caída en bicicleta.

Entraron en el restaurante asiático y se sentaron en una mesa para dos junto a una pecera. Pronto les sirvieron una botella de vino y unas pequeñas tapas de sushi.

—¡Brindemos! —dijo Requejo según levantaba su copa al aire, derramando un poco de vino sobre el impoluto mantel.

—¡Salud! —respondió ella haciendo sonar el vidrio y llevándose la copa inmediatamente a los labios.

—Bueno, creo que hemos asistido a uno de los acontecimientos más impactantes de los últimos siglos, ¿no crees? —comentó Tristán.

—Afortunadamente no ha sido «impactante», respondió ella con sarcasmo, gesticulando las comillas y con una amplia sonrisa.

—Muy fina has estado, sí —dijo Tristán riendo.

—Viste las imágenes del cometa estallando en añicos y

luego aquellos fragmentos deshaciéndose en la atmósfera, ¿verdad?

—¡Cómo no! Fue una bendición que no pasase nada grave, la verdad —dijo ella.

—Yo lo que no me explico es cómo pudieron darse aquellos errores que supuestamente impidieron interceptar antes al cometa. Seguro que tú estás más al tanto, ¿no, Katalin? —comentó Tristán.

—Ya, yo tampoco… —respondió ella tratando de ocultar su gran responsabilidad en el asunto.

—En fin, supongo que servirá de lección para que una cosa como esta no vuelva a ocurrir, que a veces sólo aprendemos cuando las catástrofes ocurren —sentenció él.

—Sí… —dijo ella evadiendo la conversación.

—Ah, por cierto, me he enterado esta mañana de que han bautizado al fragmento del cometa que estalló en la atmósfera, bastante cerca de esa ciudad medio china medio rusa…

—Ah, ¿sí?, ¿cómo lo han llamado?

—Belcebú.

—No sé mucho de mitología, pero juraría que es el nombre de un demonio o algo así, ¿no? —preguntó Katalin.

—Sí, me he molestado en mirarlo. Por lo visto viene del hebreo *Baal zebub*.

—Y eso, ¿significa algo?

—Sí. Por lo visto, señor de las moscas.

*

*

*

29

WASHINGTON D.C

Richman llegó a casa después de una segunda y fútil sesión de interrogatorio. Realmente —pensaba—, aquellos segundos de su vida en el hotel Mirros de Moscú no se registraron en modo alguno. Además, la sesión de hipnosis realizada por su psicóloga había fracasado plenamente. Ella —se decía a sí misma— creía que el regreso desde el estado de hipnosis al de consciencia se realizaba de forma gradual y meticulosa, y no a bofetadas como lo hizo Burrows. Inevitablemente contrariada y confusa, se sentó en su butaca y se dispuso a ver las noticias. Varias cadenas ofrecían continuamente aquella noticia, por lo que se topó con ella de forma inmediata. La primera vez que escuchó a aquella reportera decir aquello, creyó haber entendido mal. Sin embargo, la información se repetía constantemente. Cambió de canal una y otra vez hasta que no le quedó otra que asumir su aparente veracidad. Sin embargo, aún no había caído en la cuenta de que aquella diplomática a la que se referían era ella misma, aunque, ¿quién iba a ser si no? —pensó—. Fue entonces cuando le dio un vuelco el corazón; esa alta diplomática que habría desvelado aquella información tenía que ser ella misma, Deborah Richman. Pero, ¡por supuesto, ella no había hecho la menor declaración pública con respecto al cometa o a la situación casi prebélica que se estaba generando! —se dijo a sí misma, indignada—. Aquello sólo podía responder a una razón. Alguien, probablemente del servicio de inteligencia, estaría forzando a los medios de comunicación para difundir aquella patraña con la intención de desprestigiarla y hacerla sucumbir al sospechar que su amnesia sobre lo acaecido en Moscú era una mera artimaña.

Apagó el televisor con cierta violencia y comenzó, enfurecida, a dar rápidos paseos de un lado a otro del salón, pensando y planificando su reacción ante lo que, a todas luces, parecía un chantaje o una extorsión por parte de aquella alimaña llamada Sara Spitzer. Presa de la ira, quedó completamente obnubilada y contagiada por la obsesión de dañar a aquella mujer de la forma más intensa que pudiese. Al día siguiente, volverían a interrogarla, empleando esta vez un polígrafo, y Deborah no podía esperar. Su cólera crecía por minutos, impidiéndole pergeñar una venganza sutil. Todo lo que se cruzaba por su mente era producto de instintos básicos y atávicos, hasta el punto de imaginarse a sí misma golpeando la cabeza de Spitzer con un objeto contundente y rasgando la piel de su rostro con sus largas uñas.

Apenas lograría conciliar el sueño esa noche. Calmada en parte, se esforzó en esclarecer explicaciones alternativas ante el hecho de que los medios estuvieran difundiendo aquella mentira atroz. En aquella eterna noche, se pidió templanza a sí misma, consciente de que le iba a resultar poco menos que imposible contener su furia en cuanto tuviese a Spitzer frente a ella.

Eran poco más de las diez de la mañana cuando Deborah Richman llegó al lugar donde iba a ser sometida a la prueba del polígrafo. Sentía un intenso dolor en sus encías debido al bruxismo que, esa misma noche, experimentaba por primera vez. Sus dedos crispados resultaban tan elocuentes como su expresión, que no pasaría en absoluto desapercibida por el comité que venía interrogándola.

—Diría que no tuvo una buena noche, señora Richman…
—comento Wilkins.

—No, no la tuve, pero no creo que eso sea de su incumbencia —respondió con frialdad.

—Puede que sí sea de nuestra incumbencia —comentó Spitzer—. Tarde o temprano sabremos que pasó en aquella habitación. Ahora veamos si podemos creerle cuando asegura que no recuerda nada.

Fue en ese instante cuando Richman perdió todo control sobre sus actos. Tras proferir un estremecedor grito se levantó de su silla para aproximarse a la agente y propinarle un aparatoso puñetazo que tendría, como inmediata consecuencia, la fracturación del tabique nasal de la mujer, acompañada esta de la rotura de números capilares que propiciarían un profuso sangrado nasal. Spitzer cayó al suelo hacia atrás, golpeándose en la nuca con el borde de una mesa pequeña y quedando aturdida. Instantes después, Wilkins había reducido a Richman, quien, inmovilizada, comenzó a escupir una serie incontrolada de gruñidos acusativos e insultos.

—Está… ¡está completamente loca! —dijo Spitzer desde el suelo con una de sus manos tratando de contener el sangrado.

—¡Por favor, señora Richman!, ¡conténgase! —gritó Wilkins— ¿Qué le ocurre?

—¿Me lo pregunta? ¡Lo sabe perfectamente!

—¿Qué es lo que se supone que sé? —dijo él sujetando aún a la diplomática.

—Habéis lanzado esa mierda a los medios. Es ruin y mezquino, ¿es una venganza?, ¿es para presionarme para que diga vuestra «verdad»?

—Deborah, ¿estás insinuando que nosotros hemos dicho a los medios que tú revelaste todo? Si es así, te aseguro que estás absolutamente equivocada —dijo Wilkins aflojando lige-

147

ramente la presa que hacía con sus brazos sobre ella.

—¡Nosotros no haríamos eso jamás! —dijo Spitzer según se levantaba, sangrando intensamente— Comprendo tu rabia, pero has de saber que está pésimamente dirigida. Piensa bien dónde y cómo has podido decir eso… ¿no te lo habrá sonsacado tu psicóloga en alguna de esas absurdas sesiones por las que te hace pasar?

—¿Cómo sabes eso? Me habéis investigado a fondo, ¿eh?

—¡Claro! ¿Qué esperabas?

Fue justo en ese momento cuando Richman pensó con claridad por primera vez en las últimas veinticuatro horas y lo vio todo claro. Pidió disculpas a Spitzer y salió a la carrera de aquel lugar.

—¡Deborah, espere! ¡Tiene que someterse a la prueba! —espetó Wilkins.

—Vuelvo en una hora y me someto a lo que haga falta. Antes tengo que hacer algo urgente —dijo Deborah según salía por la puerta.

Corrió velozmente hasta su coche situado en el aparcamiento del edificio. Entró atropelladamente y arrancó con brusquedad. Llegó a su casa y entro directamente en la habitación de su hijo Nicholas, de diecinueve años. Abrió un armario y extrajo de su interior un bate de béisbol y salió corriendo de nuevo hacia el coche. Tras algo más de quince minutos de conducción alocada y plagada de frenazos, aparcó de cualquier manera frente al edificio donde su psicóloga tenía la consulta. Salió del vehículo atropelladamente, cogió el bate de béisbol que había dejado en el maletero y caminó a largas zancadas hasta la puerta del edificio. Subió en ascensor y llegó a la puerta de la consulta que se encontraba abierta en ese momento.

A partir de ese instante todo se sucedió sin solución de continuidad. Continuos y violentos golpes con el pesado tarugo de madera arrasaron con todo aquello que estuviese a la vista, incluyendo mesas de vidrio, sillas, jarrones, lámparas, teléfono, monitor del ordenador y un largo etcétera. La secretaria de Burrows se puso en pie y comenzó a gritar rozando la histeria. Richman no descargó su ira contra ella, si bien si le amenazó con el bate sujeto con ambas manos. Después irrumpió en la sala de la terapeuta, justo en el momento en que Candice salía, alarmada por los golpes y recolocándose la falda, del pequeño cuarto de baño colindante. Sin dudarlo un instante, volvió a adentrarse en dicho servicio para, inmediatamente después, echar el cerrojo y apoyar su espalda firmemente contra la puerta. Desde allí, aterrada, pudo escuchar, además de una serie ininterrumpida de intensos golpes, una amplísima panoplia de insultos, entre los que destacaron algunos de corte especialmente grosero y chabacano. Sonidos de rotura de vidrio procedentes de los ventanales precedieron al de un brutal golpe sobre la puerta contra la que la psicóloga empujaba desde dentro.

—¡Maldita puerca! ¡Sal de ahí que te voy a hipnotizar a golpes!

Tres o cuatro impactos más lograron crear un boquete en la madera de diámetro suficiente para introducir su fina mano e intentar liberar el cerrojo. Candice Burrows vio aparecer los nerviosos dedos de la diplomática por aquel astillado orificio, reaccionando de forma automática y contundente. Un muy severo golpe con un frasco vacío de grueso vidrio sirvió para que Deborah Richman retirase inmediatamente su mano, chillando y clavándose varias astillas de madera en la maniobra, lo que generó nuevos improperios por parte de esta. Después de varios intentos similares, seguidos de sendos golpes de frasco y nuevos insultos, Deborah Richman cayó al suelo inconsciente segundos después de que la secretaria de la terapeuta le propinase un rotundo golpe en la nuca con un libro grueso que, curiosamente, se titulaba «Animales y fobias.

Una visión sobre la percepción humana de los insectos».

*

*

*

30

DIVERSOS LUGARES DEL PLANETA TIERRA

Tres meses y medio más tarde de los ataques perpetrados y tras ser juzgada, Deborah Richman sería destituida fulminante e irrevocablemente, e ingresada en una institución psiquiátrica con un cuadro paranoide consistente en la visión de insectos por doquier. En su obsesión delirante, creía ver aquellos insectos con un tamaño desproporcionado, supuestamente llegados a bordo de un cometa y con la aviesa intención de someter a la humanidad.

Candice Burrows sufrió varias crisis de ansiedad como consecuencia del frustrado intento de homicidio de que fue objeto con aquel bate de béisbol. Fue, igualmente, inhabilitada para ejercer la profesión por el colegio de psicólogos por haber incumplido su juramento de respetar la confidencialidad médico-paciente y, por tanto, el código deontológico de la profesión. El hecho de que aquella violación estuviese, además, motivada por intereses lucrativos al vender aquella información sensible, revelada en estado de hipnosis, provocó que el mismo colegio le impusiese una severa multa que consumió más de la mitad de la cuantía del pago recibido por parte de la redactora jefe del New York Times International.

Esta, Ramona Sullivan, comenzó a investigar y a recopilar datos de todo lo acaecido con la intención de escribir y publicar un libro que, según ella suponía, podría convertirse en un best seller internacional. En dicha publicación, al tratar del asunto Richman, mantendría la tesis, tras arduas investigaciones y teniendo en cuenta el cuadro psiquiátrico de esta, de que era posible que aquel rapto de terror de la diplomática, captado en la videoconferencia, fuese realmente causado por una mosca que se posó en su vaso. Años más tarde, tendría que enfrentar una querella interpuesta por Martin Richman, hijo de la diplomática, por la compra, empleo y publicación de información confidencial obtenida de forma ilegal. Dicha querella fue, en términos distintos, dirigida también a la psicóloga.

Por su parte, Heriberto Cabezón sufrió lesiones y heridas de cierta consideración al verse afectado por la onda expansiva del estallido en la atmósfera del primer fragmento de 67P/Churyumov-Gerasimenko, además de una pérdida transitoria de visión por la exposición directa y frontal de sus retinas al enorme resplandor generado por la ignición del bloque de hielo. Ya recuperado, terminó publicando un artículo en una revista especializada sobre su *Musca cabezonensis*. Volvería a Manzhouli en un par de ocasiones más con la idea de capturar algún ejemplar, pero en ambas con resultado infructuoso.

Roberto Suerte fue premiado por su labor crucial en la identificación del error humano que generó el mayor y más absurdo malentendido de toda la historia bélica y de la ingeniería espacial. Terminó conociendo a Katalin Nagy al participar ambos en un programa de radio al que fueron invitados para hablar del asunto. Suerte jamás daría credibilidad a la posible causa que la húngara esgrimiría para intentar explicar su secuencia de errores concatenados, explicación que implicaba la insidiosa participación de una mosca y que colaboraría a mantener oculta su particular dislexia.

Por lo que se refiere a Octavio Villaplana, terminó también siendo destituido al poco tiempo. Se le acusó de no haber sido